강풍에도 쓰러지지 않는다

不被大风吹倒

표지 일러스트: 주즈치
일러스트 디자인: 왕팡, 장완베이, 왕뤄위

강풍에도 쓰러지지 않는다

모옌 지음 | 허유영 옮김

필로틱

일러두기

1. 이 책은 모옌의 《不被大风吹倒》를 우리말로 옮긴 것입니다.
2. 본문에 인용된 도서명은 겹꺾쇠표(《 》)로, 논문·기사·작품명 등은 홑꺾쇠표(〈 〉)로 표기했습니다.
3. 각주는 옮긴이가 작성한 것입니다.
4. 외래어 표기는 국립국어원의 외래어표기법을 따르는 것을 원칙으로 하되, 인명이나 지명 등 일부는 사회적 통용이나 원어 발음을 고려하여 표기했습니다.
5. 외국 도서명은 국내에 번역 출간된 제목을 사용했습니다. 번역서가 없는 경우에는 원제를 발음대로 표기하거나 우리말로 의미를 옮겼습니다.

바람이
불었다.
그래도
서 있었다

어느덧 일흔이 되었습니다. 이 나이가 되면 지나온 길을 돌아보는 일이 잦아집니다. 책상에 앉아 펜을 들면 소설이 아닌, 두서없는 생각들이 먼저 찾아올 때가 있습니다. 이 책은 그렇게 여러 자리에서 나누었던 제 생각들을 엮은 것입니다.

모든 이야기의 시작은 어린 시절로 거슬러 올라갑니다. 제가 자란 마을에서는 붓글씨를 잘 쓰는 사람이 큰 대우를 받았습니다. 설이 되면 사람들은 달걀 몇 개를 들고 그 집 문턱을 넘었지요. 저는 그들을 부러워했고, 아버지는 늘 "글씨를 잘 쓴다는 것은 누구도 빼앗아 갈 수 없는 재산"이라고 가르치셨습니다. 그 기억이 남아 뒤늦게 다시 붓을 잡았습니다. 요즘 인터넷에서 제 이름이 적힌 미숙한 초기 서예 작품들을 보면, 웃음거리가 된 것 같아 종종 얼굴이 붉어지곤 합니다. 하지만 괜찮습니다. 사람은 자신의 부족함을 깨달을 때 비로소 더 나아갈 결심을 할 수 있으니까요.

제게는 글씨를 잘 쓰는 것뿐만 아니라, 하나의 꿈이 더 있었습니다. 바로 극작가가 되는 것이었습니다. 책이 귀하던 시절, 마을과 마을을 오가며 열리던 지방 희곡은 저의 교과서이자 세상과 만나는 창이었습니다. 무대는 백성의 교실이었고 배우는 스승이었습니다. 오랜 세월 소설을 써왔지만, 제가 쓴 대사가 무대 위에서 울려 퍼지는 것을 보고 싶은 꿈은 한 번도 사라지지 않았습니다.

결국 글을 쓴다는 것은 무엇일까요. 그것은 인간의 욕망을 들여다보는 일과 다르지 않습니다. 더 좋은 날을 살고 싶고, 이름을 얻고 공을 세우고 싶은 마음. 욕망은 그 자체로 좋고 나쁨이 없는 중성적인 단어입니다. 욕망이 없으면 인류는 이어질 수 없겠지요. 하지만 무엇이든 과하면 해가 됩니다. 다스리지 못한 욕망은 자신을 해치고 사회를 병들게 합니다.

그러다 문득, 이 욕망을 더 나은 방향으로 쓸 수 있지 않을까 생각했습니다. 몇 해 전부터 동료들과 함께 아픈 아이들을 돕기 시작했습니다. 그때 우리가 느낀 점은 분명했습니다. 겉으로는 우리가 아이들을 돕는 것 같았지만, 실제로는 아이들이 우리에게 전해 준 따뜻함과 생명력이 더 컸습니다. 우리가 아이들을 도운 것이 아니라, 사실은 아이들이 우리를 도운 셈이지요.

아이들을 돕는 과정에서, 어느덧 일흔을 넘은 저도 다시 길 위를 달리는 듯한 기분을 느꼈고, 창작의 열정도 솟구쳐 올랐습니다. 저는 깨달았습니다. 베푸는 것이 곧 얻는 것이라는 사실을 말입니다.

몸은 나이를 알지만, 마음만은 늙음에 굴복하고 싶지 않습니다. 몇 해 전에는 황하를 헤엄쳐 건너겠다는 허황된 꿈을 꾸기도 했습니다. 결국 위험하다는 만류에 포기했지만, 작년에는 페르시아만과 인도양에서 수영을 했습니다. 황하를 건너고 싶다는 건 일종의 상징입니다. 스스로 늙었다는 걸 알면서도 늙음에 굴복하지 않고, 있는 힘을 다해 앞으로 나아가고 싶다는 뜻이지요.

이 길을 걷는 젊은 작가들에게도 같은 말을 해 주고 싶습니다. 남들과 다른 나만의 것을 만들려면 더 넓은 세상과 만나고, 문학과 멀어 보이는 것들에서도 겸허히 배워야 합니다. 그러려면 부지런히 읽고 힘써 쓰는 수밖에요. 특히 동시대 동료들의 작품을 읽으며 서로에게 배우고, 자신의 장점과 약점을 파악해야 합니다. 그러다 정 글이 안 써질 때는, 왼손에 잔을 들고 오른손에 펜을 쥔 채, 영감이 찾아올 때까지 묵묵히 기다려 보는 것도 좋겠습니다.

결국 모든 것은 돌고 돌아 다시, 읽는 행위로 귀결됩니다. 요즘 저는 젊은 시절 읽었던 《전쟁과 평화》 같은 고전을 다시 펼쳐 듭니다. 놀랍게도 마흔 해가 지나 다시 읽는 책은 전혀 새로운 이야기로 다가옵니다. 독자가 성장함에 따라 책도 함께 성장하는 것이겠지요. 이 책에 담긴 저의 이야기들도 독자 여러분의 삶에서 그렇게 함께 자라나는 친구가 될 수 있다면 더 바랄 것이 없겠습니다.

결국 이 책에 담고 싶었던 것은 그런 이야기들입니다. 지나온 삶을 돌아보니, 숱한 바람이 불어왔습니다. 그래서 이 책을 덮기 전, 지금 어딘가에서 바람을 맞고 있을 독자분들에게 마지막으로 묻고 싶습니다.

지금 당신은 어떤 강풍을 맞고 있습니까. 저는 일흔 평생 수없이 쓰러졌습니다. 그런데 신기한 것은, 쓰러질 때마다 뿌리는 더 깊어졌다는 사실입니다. 강풍은 약한 나무를 꺾지만, 강한 나무는 더 강하게 만듭니다. 그 차이는 뿌리에 있습니다. 당신의 뿌리는 무엇입니까.

오늘도 저는 붓을 듭니다. 내일도 그럴 것입니다. 이것이 제가 강풍에 맞서는 방법입니다. 광풍 속에서도 쓰러지지 않고 우뚝 서는 비결은, 미동도 없이 맞서는 것이 아니라 바람에 몸을 맡겨 흔들리되 자신의 뿌리는 절대 놓지 않는 것입니다.

부디 당신의 강풍 속 여정에 이 책이 함께하기를 바랍니다.

2025년 겨울
모옌

3장.
삶의 밑바닥에서도
정신은 독수리처럼 구름 위를 날았다

6장.
영감이 떠오르길 바란다면 삶으로 깊숙이 들어가야 한다

1장.
삶이 우리를 넘어뜨릴 수는 있지만
끝내 꺾을 수는 없다

삶이 우리를 넘어뜨릴 수는 있지만
끝내 꺾을 수는 없다

큰바람에도
쓰러지지 않는다

젊은 친구들이 내게 묻는다. 살다가 힘든 순간을 맞닥뜨리게 되면 어찌해야 하느냐고. 이는 누구도 피해갈 수 없는, 반드시 마주해야 할 물음이다. 누구도 자신의 생애에서 어려움을, 때로는 가혹한 시련을 겪지 않으리라 단언할 수 없기 때문이다. 나는 모두에게 들어맞는 정답을 줄 수는 없지만 두 편의 작은 이야기는 나눌 수 있다. 내가 어둠 속을 헤매던 순간, 내게 지혜와 용기를 건넨 것은 한 권의 책과 한 사람이었다.

'한 권의 책'이라 함은 바로 《신화자전(新華字典)》*이다. 내 인생의 첫 어려움은 어린 시절 학교를 그만두어야 했던 일이다. 또래 아이가 모두 학교에서 공부하고 뛰어놀 때 나만 혼자 소를 치고 풀을 베러 다녀야 했다. 참 외롭고 쓸쓸했던 시절, 다행히《신화자전》한 권을 갖게 되었다. 물론 나도 유명한 고전을 읽고 싶었으나, 당시 농촌에서 책이란 더없이 귀한 물건이었다. 누구든 집에 책 한 권이라도 있으면 보물단지처럼 여겨 좀체 남에게 빌려주려 하지 않았다. 오직《신화자전》한 권만이 내 것이었다. 내가 아는 한자의 대부분은 학교를 그만둔 뒤 이 책을 읽으며 익혔다. 요컨대 당시 그런 고독하고 궁핍한 환경 속에서 바로 이 사전이 나와 함께 어려운 시기를 함께해 주었고, 내가 훗날 펜을 들어 소설을 쓸 수 있는 기초를 다져 주었다.

'한 사람'은 내 할아버지다. 어릴 적 할아버지를 따라 들판에 풀을 베러 갔다가 돌아오는 길이었다. 하늘빛이 심상치 않더니 검은 기둥 같은 것이 빠르게 소용돌이치며 우리 쪽으로 다가왔다. 게다가 우르르 쾅쾅 천둥 같은 굉음이 뒤따라왔다. 더럭 겁이 난 내가 "저게 뭐예요?" 하고 묻자 할아버지는 아무렇지 않게 "바람이다. 수레를 힘껏

---

*　　중국에서 가장 널리 쓰이는 소형 한자 사전. 1953년 초판이 발행된 이래 현대 중국인의 문자 생활에 가장 큰 영향을 미친 책 중 하나로 꼽힌다.

끌어라, 애야.” 하고 말씀하셨다. 곧 더 큰 바람이 우리를 덮쳤다. 수레에 실은 풀이 하늘로 휘날리고 나도 땅바닥에 쓰러졌다. 땅에 깊이 박힌 풀포기를 움켜쥐고 몸이 날아가지 않게 버텼다. 할아버지는 수레 손잡이를 꽉 붙잡고 활시위가 팽팽히 당겨진 활처럼 버티고 서 있었다. 두 다리는 떨렸고 홑저고리는 바람에 찢겨 나가 양쪽 소매만 어깨에 걸려 있었다. 할아버지는 그 거센 바람에 맞서고 있었다. 수레는 한 뼘도 나아가지 못했지만 반 발짝도 뒤로 밀리지 않았다. 바람이 잦아든 다음에도 할아버지는 동상처럼 그대로 서 있다가 한참이 지나서야 천천히 허리를 폈다. 손가락은 굽어진 채로 펴지지도 않았다. 할아버지가 광풍에 맞서는 모습은 영원히 내 뇌리에 새겨졌다. 그렇다면 우리는 승자인가 아니면 패배자인가?

할아버지는 휘몰아치는 바람 앞에서 물러서지 않았다. 비록 수레에 실은 풀은 절반이나 날아갔지만 수레는 제자리에 있었고, 우리도 둑에 박힌 못처럼 버텼다. 앞으로 나아가지 못했지만 뒤로 물러서지도 않았다. 그런 의미에서 나는 우리가 승리했다고 생각한다.

옛말에 “길이 험하고 멀더라도 앞으로 나아가면 이르리라.”라고 했다. 젊은이들이여, 우리가 어려운 순간을 만

났을 때 낙심하지 말고 좌절하지 말자. 노력하는 한 언제나 수확은 있다. 희망은 언제나 실망 속에서, 심지어 절망 속에서 싹트며 우리를 부른다. 깃발을 다시 세우고 용감히 전진하자. 사람은 삶에 패배할 수는 있지만 그로 인해 쓰러져 있어서는 안 된다. 결국 내가 하고 싶은 말은 이렇다. 어려울 때일수록 문학은 사람의 마음 깊이 스며들어 다시 일어설 힘을 준다고.

2022년 5월

나는 왜
'모옌'일까

　　내 고향 가오미 둥베이향(鄕)*은 세 개 현(縣)이 맞닿
은 지역으로 교통이 불편하고 땅은 넓지만 인구는 적었다.
마을 밖에는 웅덩이처럼 움푹한 들판이 끝없이 이어졌고
무성한 잡초와 들꽃이 가득 자랐다. 나는 매일 그 들판으
로 소를 몰고 나가야 했다. 아주 어린 나이에 학교를 그만
둔 탓에, 또래 아이들이 교실에서 공부할 시간에 나는 소
들과 함께 들판에 있어야 했다. 사람보다 소의 마음을 더
잘 알 정도였다. 나는 소의 희로애락을 알았고, 소의 표정

---

* 　중국 농촌의 현 아래에 있는 기초 행정 단위.

을 이해했으며, 그들이 속으로 무슨 생각을 하는지도 알았다. 아이의 눈으로 봤을 때 거의 끝이 없어 보이는 그런 벌판에 오직 나와 몇 마리의 소만 함께 있었다. 소들은 평온하게 풀을 뜯었고, 그들의 눈은 바다처럼 푸르렀다.

소와 이야기를 나누고 싶었지만 소는 풀만 뜯을 뿐 나를 거들떠보지 않았다. 하는 수 없이 하늘을 향해 드러누워 천천히 흘러가는 구름을 바라보았다. 하늘의 구름은 마치 게으른 거인들처럼 느릿느릿 어슬렁거렸다. 구름에게 말을 걸고 싶었지만 구름도 나를 상대해 주지 않았다. 하늘에는 많은 새들이 있었는데, 종달새나 꾀꼬리도 있었으며, 자주 보기는 했지만 이름을 정확히 알 수 없는 새들도 있었다. 자주 새들의 울음소리에 감동해 눈물이 그렁그렁해지곤 했다. 나는 새들과 교감하고 싶었지만 그들도 매우 바빴고, 나를 거들떠보지 않았다. 나는 풀밭에 누웠고, 슬픈 감정이 가득했다.

그런 환경에서 내가 제일 먼저 배운 건 공상이었다. 반쯤 꿈꾸고 반쯤 깨어 있는 상태였다. 그럴 때면 아름다운 생각들이 물밀듯이 밀려왔다. 풀밭에 누워 사랑을 이해했고, 선량함도 이해했다. 그러다 혼잣말하는 법을 배웠다.

그때 나는 정말로 재능이 넘쳤다. 입만 열면 문장이 되었고, 끊임없이 말이 쏟아져 나왔으며, 게다가 운율까지 맞았다. 한번은 나무를 보며 혼잣말을 중얼거리고 있는데 그 소리를 들은 어머니가 깜짝 놀라 아버지에게 말했다. "여보, 우리 애가 무슨 병에 걸린 건 아니겠지?"

조금 더 자라 생산대*의 집단 노동에 참여하면서 어른들의 사회에 발을 들였다. 그러자 나 혼자 소를 치며 생겨난 말하기 좋아하는 버릇이 이내 가족의 골칫거리가 되었다. 참다못한 어머니는 괴로운 얼굴로 나를 타이르며 말했다. "얘야, 말 좀 그만할 수 없겠니?" 그때 어머니의 표정에 눈물이 왈칵 쏟아질 것처럼 미안한 마음이 들어서 다시는 말하지 않겠다고 맹세했다. 하지만 막상 사람들 앞에 서면, 내 안에 있던 말들이 쥐 떼처럼 우르르 뛰쳐나왔다. 나도 모르게 말을 쏟아 놓고 나면 늘 후회하며 어머니의 말을 어긴 것을 자책했다.

훗날 작가의 길로 들어섰을 때, 나는 '말을 하지 않는다'는 뜻의 '모옌(莫言)'을 필명으로 지었다. 하지만 어머

---

* 1960년대 중국 농촌에서 집단 생산을 위해 조직된 인민공사의 최하부 단위. 20~30가구가 하나의 생산대가 되어 농업, 임업, 목축 등 다양한 생산 활동을 공동으로 수행했다.

니가 늘 나를 나무랄 때 했던 "개는 똥 먹는 버릇을 못 고치고, 늑대는 고기 먹는 버릇을 못 버린다."라는 말처럼, 나는 결국 말하기 좋아하는 천성을 버리지 못했다. 그 탓에 많은 이의 미움을 샀다. 내 말이 거슬렸거나 때에 맞지 않았기 때문이다.

이제 나이가 드니 점점 말수가 줄어든다. 하늘에 계신 어머니도 이제는 조금 마음이 놓이지 않을까 싶다.

2000년 3월

나는
여성 숭배자다

내 장편소설 《풍유비둔(豊乳肥臀)》을 두고 여성을 비하하는 경향이 있다고 말하는 사람들이 있다. 오늘은 그 오해에 대해 답해 보려고 한다.

나는 여성을 비하하려는 의도를 품은 적이 없다. 오히려 어떤 평론가들은 《풍유비둔》을 읽고 나를 페미니스트, 심지어 여성 숭배자라고 부르기도 했다. 인터뷰에서도 여러 차례 말했듯, 나는 삶의 가장 혹독하고 위험한 순간에 여성이 남성보다 더 강인하고 위대하다고 생각한다.

나는 농촌에서 오래 살면서 특별히 큰일을 맞닥뜨렸을 때 여성이 남성보다 더 침착하게 헤쳐나가는 것을 많이 보았다. 여성에게는 한 가지 속성이 더 있기 때문이다. 바로 모성이다. 모성은 여성을 하늘에 오르고 땅에 들게 하며, 칼산과 불바다도 마다하지 않게 하고, 생사마저 두려워하지 않는 힘을 준다. 어머니는 자식을 위해서라면 무엇이든 내어줄 수 있다.

내 소설집 《만숙한 사람》에 실린 중편 〈횃불과 호루라기〉에 '셋째 아주머니'라는 여주인공이 등장한다. 그녀는 자식이 늑대에게 잡아먹히자 직접 무기를 만들고 치밀한 계획을 세워 결국 늑대들을 모조리 죽여 버리는데, 그 모습이 마치 지략과 용맹을 겸비한 장수 같다. 그런 냉정함과 과감함, 용맹함은 웬만한 남자들을 뛰어넘고도 남는다.

《풍유비둔》은 다소 대담한 소설이라 일부 독자가 거부감을 느낄 수도 있다. 하지만 나는 여전히 현실주의적인 창작법을 따랐고, 전형적인 환경 속의 전형적인 인물을 그려냈을 뿐이다. 그 환경이란 바로 중국이 반(半)식민·반봉건 사회였던 시대다. 당시 여성들은 사회의 가장 밑바닥에 억눌려 있었고, 어떤 의미에서는 가축만도 못한 처지였다.

소설 속 어머니는 물론 허구의 인물이지만, 그녀의

이야기와 성격은 현실에 탄탄한 기반을 두었다. 그녀는 전통적 의미의 현모양처도 아니고, 도덕적인 본보기는 더더욱 아니었다. 전통적인 윤리 기준으로 보자면 여러 남자 사이에서 여러 자식을 낳았으니 오히려 탕부에 가깝다. 하지만 당시 중국 농촌 여성의 삶과 그 인물이 처한 가족 상황을 조금이라도 헤아린다면, 우리는 그녀에게 무한한 연민을 보내야 한다. 욕설과 저주는 그 시대를 살아내려 몸부림친 한 여인이 아니라, 그녀를 그렇게 내몬 어두운 시대와 낡은 관습을 향해야 한다. 그녀를 통해 봉건제도를 가장 강력하게 고발하고자 했던 내 진정한 의도를 독자가 알아주길 바란다.

그 시대에는 결혼한 여자가 자식을 낳지 못하면 쫓겨나 친정으로 돌려보내졌다. 자식을 낳지 못하는 여자가 소박맞는 건 논쟁거리조차 되지 않는 당연한 일이었고, 자식을 낳더라도 아들을 낳지 못하면 집안에서 설 자리가 없었다. 남편과 시어머니는 물론 온 식구들에게 멸시와 구박의 대상이 되었다. 바로 이런 환경에서 이 소설 속 상관루(上官魯)*씨는 살아남기 위해 그런 방식을 택할

---

*　옛날 중국에서는 여자가 결혼하면 성 앞에 남편의 성을 붙여 불렀다. 여주인공 '루씨'가 상관씨 남자와 결혼한 뒤 '상관루씨'라고 불리게 된 이유다.

수밖에 없었다.* 이 인물은 《홍가오량 가족》**의 '내 할머니'에게까지 이어진다. 그녀 역시 본질적으로 같은 부류였다. 무슨 일이든 용감하게 맞서서 행동하는 본성은 다를 바가 없었다.

《풍유비둔》에서 어머니의 자식 사랑은 이해타산이나 신분을 뛰어넘는다. 이런 큰 사랑은 인류가 살아남을 수 있는 중요한 버팀목이기도 하다. 모성을 향한 경외로 가득한 묘사는 작가가 지닌 양심의 표현이다. 이 위대한 모성이 있기에 여성은 남성보다 더 너그럽고, 용감하며, 침착하고, 위대하다. 그래서 나는 스스로를 여성 숭배자라고 생각한다.

중국 현대문학의 거장 빙신(冰心)의 산문을 읽은 적이 있다. 그녀의 남편이 병원에 입원했을 때의 일이다. 하루는 병원장이 전화를 걸어 그녀를 급히 불렀다. 병실에 들어서니 병상에 누운 남편 위로 머리부터 발끝까지 흰 천이 덮여 있었다. 그녀는 남편이 죽었다고 생각했다. 말없

---

* 어려서 양친을 잃은 뒤 전족을 하고 시집 보내졌다. 생식 능력이 없는 남편 때문에 아이를 낳지 못하자 가족들의 강요로 여러 남자와의 관계를 통해 딸 여덟, 아들 하나를 낳는데 이 아홉 자식의 파란만장한 삶이 소설 전체의 줄거리를 이룬다.

** 홍가오량 밭을 무대로, 한 가족의 삶과 사랑, 항일전쟁, 폭력과 생존을 그린 서사를 담은 작품. 장이머우(張藝謀) 감독의 영화 〈붉은 수수밭〉의 원작.

이 발길을 돌린 그녀는 집으로 달려가 국수 한 그릇을 삶아 먹었다. 시부모와 아이들이 떠올랐기 때문이다. 장례를 치러야 하고, 슬픔에 잠긴 노부모를 위로하며 아이들을 키워야 하니 자신이 무너져서는 안 되었다.

나중에 알고 보니 남편은 단지 이불을 머리끝까지 덮고 잠들었을 뿐이었고, 병원장은 남편의 퇴원 절차를 상의하기 위해 그녀를 부른 것이었다. 그 사실을 알고 나자 갑자기 온몸에서 힘이 빠져나갔다고 한다.

이것은 빙신이 직접 경험한 일화다. 남편이 죽었다고 생각한 순간, 그녀는 울지도 기절하지도 않았다. 오히려 집으로 돌아가 국수를 삶아 먹었다. 예술적인 관점에서 보면 비정상적이고 정서에도 어긋난다. 그러나 현실에서는 이치에 맞는 디테일이다. 우리 작가들에게 필요한 자질이 바로 이것이다. 겉으로는 비정상적이나 진실의 힘을 지닌 디테일. 이런 디테일 몇 개만으로도 인물은 살아난다.

2021년 10월 25일

내가 젊음을
유지하는 비결

세월은 화살처럼 빠르고, 해와 달도 베틀의 북처럼 쉼 없이 뜨고 진다. 지난 사 년 동안 내 키는 일 센티미터쯤 줄었고 머리카락은 천 가닥쯤 빠졌으며 주름은 백 갈래쯤 늘었다. 가끔 거울을 들여다보면 세월의 잔혹함이 실감 나서 저절로 서글픈 마음이 든다. 그러나 문학이라는 길 위에서 나는 여전히 견습생에 불과하다. 글쓰기는 내 소년 시절을 다시 빚어내고 세월의 수레바퀴를 멈춰 세운다.

글쓰기는 내가 시간과 맞서는 방식이다. 나는 세월을 소설로 바꾸어 곁에 두었다. 시간이 흐를수록 내 곁에 쌓이는 소설도 점점 많아진다. 그런 의미에서 작가는 자기 나이를 잊을 수 있는 사람이다. 글을 쓰는 몸은 늙어갈지라도 정신만은 영원히 젊음을 유지할 수 있다.

2000년 겨울에 탈고한 장편소설《단향형(檀香刑)》*은 2001년 봄에 출간되었다. 이 소설도 나의 다른 작품들처럼 거센 논쟁을 불러일으켰다. 좋아하는 이들은 21세기 중국 소설의 새로운 장을 연 걸작이라 평했지만, 싫어하는 이들은 일고의 가치도 없다고 했다. 논쟁의 초점은 소설 속 형벌 집행 장면의 상세한 묘사였다. 책이 출간된 후, 나는 기자들과의 인터뷰에서 우아한 숙녀들은 이 책을 읽지 말라고 권했다.

그러나 실제로 많은 우아한 숙녀가 이 책을 읽었고, 악몽을 꿨다거나 밥맛이 떨어졌다는 얘기는 듣지 못했다. 도리어 겉보기엔 위풍당당해 보이던 숱한 남성들이 철부지 아이 같은 비명을 지르며 내가 그들의 신경을 해쳤다고 불평을 늘어놓았다. 이것만 보아도 여자가 남자보다 정신적으로 더 강인하다는 사실을 알 수 있다.

---

* 청대 말기의 잔혹한 형벌로, 죄수를 형틀에 매달아 기름에 삶아서 매끄럽게 만든 박달나무 막대를 항문과 꼬리뼈 사이로 찔러 넣어 내장이 다치지 않게 목덜미까지 관통시킨 다음 최소 닷새간 숨이 끊어지지 않게 하는 것이다.

한 여성 독자는 내게 편지를 보내왔다. "제 바람둥이 남편에게 단향형을 집행해 주세요." 나는 답장을 썼다. "친애하는 부인, 바람 난 남편이 아무리 미워도 그에게 단향형을 내릴 정도는 아닙니다. 게다가 그 잔혹한 형벌은 이미 역사의 유물이지요. 그리고 책 속의 인물과 작가를 동일시해서는 안 됩니다." 책에서는 잔학무도한 망나니를 그렸지만, 현실의 나는 선량하고 유약해 닭을 잡는 것만 봐도 다리가 후들거린다.

《단향형》에서 잔혹한 묘사는 꼭 필요했을까? 나는 그렇다고 생각한다. 개인적인 만족감을 위해서가 아니라 예술적인 차원에서 말이다. 만약 그 묘사가 누군가를 불편하게 했다면, 인간의 영혼 깊숙이 도사린 추악함과 잔혹성을 들춰냈기 때문이며, 또 야만적 형벌을 권력의 도구로 삼았던 봉건 통치자들을 고발했기 때문이다.

일부 평론가는 《단향형》을 잔혹한 책이라 했고, 또 어떤 평론가는 연민으로 가득 찬 책이라고 했다. 나는 당연히 후자의 말이 내 의도에 더 가깝다고 생각한다. 이 책을 쓰는 동안 나는 수시로 깊은 슬픔에 잠겼다. 나는 줄곧 생각했다.

인간은 왜 이래야 하는가? 왜 이럴 수밖에 없는가?

왜 같은 인간에게 이토록 잔인한 형벌을 가하는가? 선량해 보이는 이들이 어째서 연극을 관람하듯 이런 참혹한 형 집행 장면을 구경하러 가는가? 통치자와 망나니, 망나니와 사형수, 사형수와 구경꾼, 그들 사이에는 대체 어떤 관계가 있는가?

나는 그 의문들의 해답을 찾지 못한 채 감당하기 힘든 곤혹감에 괴로워했다. 이는 비단 가오미 둥베이향만의 문제가 아니라 인류 전체가 맞닥뜨린 혼란일 것이다. 무엇이, 똑같이 신의 날개 아래 보호받는 인간으로 하여금 이토록 치 떨리는 만행을 저지르게 하는가? 더욱이 과학이 발달하고 문화가 진보했음에도 그런 만행은 사라지지 않았다. 그래서 역사를 뒤적이는 듯 보이는《단향형》이 현실적 의미를 갖게 되었다.

또 누군가는《단향형》을 거대한 우화라고 했다. 나 역시 그 말에 동의한다. 그렇다. 잔혹한 형벌은 사라졌지만, 단향형은 여전히 어두운 정신의 형태로 어떤 이들의 마음속에 끈질기게 남아 있다. 나는 이 소설을 쓰면서 때로는 형을 집행하는 망나니 자오자(趙甲)가 되었고, 때로는 형벌을 받는 묘강(猫腔)* 극단의 단주 쑨빙(孫丙)이 되었으며, 또 때로는 정치투쟁의 틈에 낀 가오미 현령 첸딩(錢丁)

이 되었다가, 때로는 뜨거운 욕정에 불타는 젊은 아낙 쑨메이냥(孫眉娘)이 되기도 했다. 인생이라는 길 위에서 누구나 시기에 따라 형벌을 내리는 집행자가 되기도 하고, 고통받는 희생자가 되기도 하며, 때로는 무심한 구경꾼이 되기도 한다. 이 책을 읽은 독자가 이 세 가지 역할의 감정을 느끼고, 역사, 현실, 인간성에 대해 사색하게 된다면 내 목적은 달성된 셈이다.

《단향형》 이후에 나는 단편소설 몇 편을 더 썼고, 미국, 프랑스, 스웨덴, 호주 등 여러 나라를 여행했다. 그 두 해 동안 글은 거의 쓰지 않았지만, 여러 차례 꿈같은 비행을 경험했다. 만 미터 상공에서 창밖을 내려다보면 비행기 날개 아래 뭉게구름이 떠 있고 광활한 대지가 펼쳐져 있었다. 그럴 때면 가슴속에서 울컥울컥 슬픔이 차올랐다. 우주는 이토록 넓은데 인간은 이토록 작고, 시공간은 끝없이 아득한데 인생은 또 너무나도 짧지 않은가. 하지만 그런 생각에 사로잡히면 내 마음만 괴로울 뿐이다.

＊　모옌에 따르면, 고향인 산둥 가오미현 일대에서 유행한 지방 소극으로 여성 역할을 하는 배우가 피를 토하듯 울부짖는 창법이 특징이다.

나의 고통은 소설을 썼기에 생겨났고, 그 고통을 없
앨 방법 또한 소설을 쓰는 것뿐이다.

2003년 10월

나의
하루

　입추가 지났어도 아직 말복이 남아 있어 여전히 숨 막히게 무덥고 집집마다 에어컨이 윙윙 소리를 내며 돌아간다. 특별한 일이 없는 한, 나는 한낮에 문밖을 나서지 않는다. 이 시간에는 대부분 침대에서 낮잠을 잔다. 밤은 새워도 낮잠만큼은 거를 수 없다. 낮에 눈을 붙이지 않으면 오후 내내 두통에 시달린다.

　낮잠 시간은 제법 길다. 열두 시에 누우면 일러야 세 시, 가끔은 네 시가 되어서야 일어난다. 멍한 상태로 일어나 찬물로 세수하면 오후 햇살이 벌써 창유리를 노르스름하게 비춘다. 일어나면 우선 차 한잔을 진하게 우린 뒤 책상에 앉아 담뱃불을 붙인다. 진한 차를 마시며 피우는 담배 한 모금, 그 근사한 기분은 어떤 말로도 다 옮길 수가 없다.

차를 마시고 담배를 피우며 책을 뒤적인다. 정말로 '뒤적일' 뿐이다. 오후에는 글을 쓰지 않기 때문이다. 나는 원래 책을 제대로 읽는 습관을 들이지 못했다. 책을 집으면 뒤에서부터 훑다가, 흥미로우면 다시 앞에서부터 읽는다. 하지만 얼마 안 읽고 금세 벌떡 일어난다. 싫증이 났다고 해야 할까, 무료하다고 해야 할까. 그러면 새장에 갇힌 연약한 동물처럼 괜히 방 안을 빙빙 돈다.

그러다 가끔은 십 년 넘게 쓴 텔레비전을 켠다. 이 텔레비전은 절대 고장이 안 나서 오히려 짜증이 날 정도다. 십 년이 넘도록 매일 켜는데도 화면은 여전히 선명하고 소리도 스테레오로 잘 들려서 도무지 버릴 핑계가 없다. 텔레비전에서 경극 프로그램이 나오면 신이 나서 몸이 절로 들썩인다. 노래 박자에 맞춰 몸을 움직이는 게 내 나름의 운동법이다. 한 손에 배드민턴 라켓을 쥐고 팽이처럼 빠르게 방 안을 빙글빙글 돈다. 음악의 리듬에 몸을 싣고 잡념을 지우며 무아지경에 빠진다. 이 황홀함 또한 남들에게는 차마 말하기 어렵다.

10:00
13:00
15:00
20:00

그렇게 한참을 돌아도, 내가 힘들어서 멈춘 적은 없다. 언제나 텔레비전의 경극이 끝나서 마지못해 멈추는 것이다. 경극이 끝나면 마음이 금세 울적해진다. 그러면 냉장고를 열어 먹을 것을 찾는다. 얼마 전 냉장고가 고장난 적이 있었는데 막대기로 한 대 내리쳤더니 다시 멀쩡해졌다. 보통은 냉장고에서 뭐라도 찾을 수 있고, 정말 아무것도 없을 때만 집 근처 시장에 간다.

베이징의 가을 오후에는 가끔 재래시장을 어슬렁거린다. 예전에는 하늘빛이나 나무의 변화뿐만 아니라 시장의 채소와 과일로도 베이징의 계절을 느낄 수 있었다. 중추절 무렵은 배, 사과, 포도가 제철이고, 각종 참외의 계절이었다. 그러나 지금 베이징은 편리한 교통과 원활한 유통과정, 특히 농업 기술의 발전으로 계절이 더 이상 과일의 생장을 가로막지 못한다. 예전에는 중추절이면 수박이 거의 사라져 난롯가에 둘러앉아 수박을 먹기란 그야말로 꿈같은 일이었다. 하지만 지금은 함박눈이 펑펑 내리는 한겨울에도 시장에서 수박을 판다. 세상에 과일과 채소가 너무 많아 눈이 어지러울 지경이다. 물자는 풍족해졌지만, 정작 좋은 먹거리는 되려 줄어든 듯하다.

시장에 다녀오는 날에는 입구의 관리실에 들러 석간

신문을 가지고 들어온다. 신문을 다 읽고 나면 얼추 저녁 시간이 다가온다. 저녁을 먹은 후의 일들은 이 글의 주제를 벗어나므로 여기에는 점심부터 저녁 먹을 때까지의 일과만 적겠다.

가끔 오후에 기자가 집으로 인터뷰하러 오기도 하고, 어떤 날은 친구나 낯선 방문객이 찾아오기도 한다. 인터뷰는 피곤한 일이지만, 거절할 수가 없으니 늘 비슷하고 공허한 얘기만 늘어놓게 된다. 친구가 찾아오면 훨씬 즐겁다. 함께 차를 마시고 담배를 피우며 이런저런 이야기를 나눈다. 이따금 동료 작가에 대한 이야기가 나오기도 한다. 예전에는 말을 가리지 않고 함부로 하는 바람에 여러 사람에게 미움을 샀으나, 이제는 나이가 들고 세상 경험도 쌓여 웬만하면 남을 헐뜯지 않는다. 좋은 말을 할 수 있으면 최대한 좋게 말하고 좋은 말을 하기 싫을 때는 입을 다문다. 아니면 이렇게 말하며 웃어넘긴다. "오늘 날씨가 참, 하하하……."

2001년 8월 25일 오후

르장.
그때 눈물을 흘린 곳에서
지금도 눈물을 흘린다

그때 눈물을 흘린 곳에서
지금도 눈물을 흘린다

그 시절의 새해맞이

어릴 적에는 춘절을 손꼽아 기다렸다. 섣달 초파일인 납팔절(臘八節)이 지나면 하루하루 손가락으로 날짜를 세며 기다렸는데 춘절이 아득히 먼 목적지처럼 느껴졌다. 그렇게 들떠 있는 우리를 보며 어른들은 늘 깊은 한숨을 내쉬었다. 어른들은 춘절을 좋아하기보다 오히려 두려워하는 것 같았다. 어른들의 그런 모습이 어린 내 눈에 실망스럽고 이상하게 보였지만, 지금은 충분히 이해할 수 있다. 아이들은 "춘절이 지나면 한 살 더 먹는다!" 하며 신이 나서 재잘거리지만, 노인들은 "어이쿠, 또 한 살 먹었구나." 하고 한숨을 내쉰다.

춘절은 아이에게는 인생의 찬란한 시기를 향해 한 걸음 더 나아간다는 의미지만, 어른에게는 인생의 절정에서 한 걸음 미끄러지는 시간이다.

납팔절은 춘절을 맞이하는 첫 관문이었다. 그날 아침엔 반드시 죽을 끓인다. '팔보죽(八宝粥)'이라고 해서 여덟 가지 곡물이 들어가야 한다. 사실 일곱 가지만 있어도 되지만 대추만큼은 빠져서는 안 된다. 1949년 이전에는 납팔절 새벽이 되면 절이나 마음씨 좋은 부잣집에서 길가에 커다란 가마솥을 걸어 놓고 죽을 나눠 주었다고 한다. 거지나 가난한 이들도 무료로 따뜻한 죽을 먹을 수 있었다. 어릴 적 나는 죽을 나눠 주는 광경을 머릿속으로 상상하며 동경했다. 노천에 걸린 거대한 솥, 가마니째 쏟아부은 쌀과 콩, 끓어오르는 끈적한 죽과 끝없이 터지는 기포들, 그리고 새벽의 찬 공기 속으로 번지는 진한 향기. 큰 사발을 두 손에 받쳐 든 아이들이 줄을 서서 초조하게 기다린다. 아이들의 양 볼은 새빨갛게 얼고 코끝에 콧물이 대롱대롱 매달려 있다.

추위를 이기려 아이들은 쉼 없이 발을 구르고 고함을 지른다. 나는 종종 그 줄 어딘가에 서 있는 상상을 했다. 비록 배고프고 추울지라도, 마음만은 환희로 가득 차

있는 것이다. 훗날 나는 작품 속에서 그 죽 나누는 장면을 여러 번 묘사했으나, 글은 상상 속 찬란함에 미치지 못했다.

납팔절이 지나가고 보름쯤이 더 있으면 '조왕을 모시는 날(辭灶日)'이 온다. 우리 고향에서는 그것을 '작은 춘절'이라 불렀고, 제법 정성껏 치렀다. 아침과 점심은 평소처럼 거친 잡곡밥을 먹지만, 저녁만큼은 만두를 먹었다. 나는 그 만두를 기다리느라 아침과 점심을 거의 먹지 않았다. 그때 나는 놀라울 정도로 식성이 좋았다. 만두를 몇 개나 먹었는지는 굳이 말하지 않겠다. 말하면 아마 놀랄 테니까.

조왕신과 고별하는 제사도 지냈다. 만두가 다 익으면 우선 두 그릇을 떠서 부뚜막에 올려놓고, 노란 종이를 반 다발쯤 태우면서 조왕신 그림인 조마(灶馬)도 함께 태웠다. 종이를 다 태운 뒤에는 만두 삶은 국물을 재 위에 한 숟가락 끼얹고 절을 한 번 하면 제사가 끝났다. 이것은 가장 간단한 방법이고, 부잣집에서는 관동당(關東糖)이라는 찹쌀엿을 부뚜막에 올렸다. 곧 옥황상제를 알현하러 하늘에 올라갈 조왕신이 단맛을 좀 보고 가서 좋은 말을 많이 해 달라는 뜻이었다. 조왕신의 입을 엿으로 붙여 나쁜 말

을 못 하게 하는 뜻이라는 설도 있지만, 입을 붙여 버리면 좋은 말도 할 수 없으니 그건 이치에 맞지 않다.

제사가 끝나면, 불태운 조왕신 그림의 머리 부분을 오려 구들에 붙였다. 사실 그것은 음력 달력이었다. 대개 조잡한 목판으로 거친 종이에 찍어 낸 것으로, 맨 위에는 네모난 얼굴에 수염 세 가닥 난 사람이 그려져 있었다. 어린 나는 궁금한 마음이 들었다. 일 년 내내 아궁이 속에 있는 조왕신은 불길과 연기에 그을려 얼굴이 시커멓게 되었을 텐데 어째서 조마두 속 조왕신의 얼굴은 저렇게 하얀지 말이다.

조왕제만 지나면 춘절이 바로 코앞이었다. 하지만 아이들에게는 그 며칠이 한없이 길게 느껴졌다. 드디어 섣달그믐이 되면 마루 벽에 조상 그림을 걸었다. 족자에는 의관을 갖춘 옛날 사람들과 과피모를 쓴 꼬마들이 폭죽을 터뜨리는 모습이 그려져 있었다. 그 시절엔 텔레비전은커녕 전기조차 없어서 저녁을 먹고 나면 일찌감치 잠을 잤다. 그러다 오리온자리의 허리 별이 정면에서 반짝일 때쯤 어머니가 우리를 깨웠다. 일어나 새 옷을 입으면 이가 딱딱 부딪칠 만큼 추웠지만 신비로운 기분에 휘감겼다. 족자 앞의 촛불은 이미 켜져 있어 불꽃이 끊임없이 일렁이고, 족자 속 얼굴들은 그 빛을 받아 번들거리며 살아난 듯 보였다. 마당은 칠흑처럼 어두워 손을 뻗어도 보이지 않았고, 마치 수많은 거대한 말들이 어둠 속에서 여물을 씹고 있는 것 같았다. 그런 밤은 다시 오지 않을 것이다. 지금의 밤은 그때만큼 어둡지 않으므로.

그때부터 진짜 춘절이 시작되었다. 그날만큼은 절대 큰 소리로 말할 수 없었다. 평소 성미가 괴팍한 어른도 이 날만큼은 부드럽게 말했다. 아이들에게는 전날 밤 어머니가 신신당부를 해두었다. 춘절에는 침묵이 최선이고, 부득이 말해야 한다면 말을 신중히 골라야 하며, 불길한 말은 절대 입에 담지 말라고. 이 순간이 가족의 한 해 운을 좌우한다고 믿었기 때문이다. 또 연야반(年夜飯)을 만들 때도 풍구를 써서 불을 지피지 않았다. 후욱후욱 하는 소리가 경건한 분위기를 깨뜨릴 수 있어서였다. 대신 제일 좋은 땔감인 마른풀이나 목홧대, 콩대 같은 것을 태웠다. 어머니는 섣달그믐에 목홧대를 태우면 '도재(刀才)'가 나오고 콩대를 태우면 '수재(秀才)'가 나온다고 했다. 수재는 지식인, 학자를 뜻하겠지만, 도재가 무엇인지는 어머니도 설명하지 못했다. 아마 백정이나 망나니 같은 천한 직업이 아니라 장수 같은 좋은 직업일 것이다. 좋은 땔감을 쓰니 아궁이 속 불길이 활활 타올라 마당의 절반을 환히 비추고, 솥뚜껑 틈으로 하얀 증기가 힘차게 뿜어져 나왔다. 희고 통통한 만두가 솥 안으로 들어갔다. 매번 이 순간이 되면 나는 저절로 그 엉뚱한 수수께끼 하나가 떠올랐다. '남쪽에서 온 거위 떼가, 푸드덕푸드덕 강물로 뛰어드네.'

만두가 다 익으면 아버지는 두 대접을 담아 쟁반에 받쳐 들고 밖으로 나갔다. 어린 아들은 미리 묶어 둔 폭죽 장대를 치켜들고 바짝 뒤를 따랐다. 아버지가 대문 앞 공터에 접시를 내려놓고 종이를 태우며 사방을 향해 절하면, 아들은 폭죽에 불을 붙여 높이 쳐들었다. 귀청이 터질 듯한 폭죽 소리가 난 뒤 아버지는 하늘과 땅, 신령에게 제사를 지냈다. 제사를 마치고 집에 들어오면 어머니와 할머니들은 이미 즐겁게 웃으며 얘기를 나누고 있었다. 경건한 의식이 끝났으니 이제 산 사람들의 잔치가 시작된다. 만두를 먹기 전, 아랫사람들은 웃어른께 절을 올려야 한다. 어른들은 구들에 앉고, 우리는 조상 그림이 걸린 벽 앞에서 절을 하며 한 번 절할 때마다 목청껏 외쳤다. "할아버지 절 받으세요! 할머니 절 받으세요! 아버지 절 받으세요! 어머니 절 받으세요!" 그러면 어른들이 큰 소리로 말했다. "됐다, 됐어. 어서 올라와서 만두 먹어라!" 아이들이 절을 하면 어른들이 돈을 주었다. 1~2마오(毛)밖에 되지 않았지만 우리는 뛸 듯이 기뻤다.

만두 속에는 동전이 들어 있었다. 지금 생각하면 동전이 꽤 더러웠을 테지만 그때는 그런 생각조차 사치였다. 오로지 자기 만두에서 동전이 나오기만을 바랐다. 그렇게 나온 동전은 온전히 자기 돈이었다. 동전이 든 만두를 먹으면 그해에 복이 온다는 뜻이었으나 아이들은 그런 의미보다 돈에만 관심이 있었다.

춘절 하면 또 빼놓을 수 없는 재미가 있었다. 바로 재신(財神)맞이 놀이였다. 온 가족이 둘러앉아 만두를 먹기 시작할 때쯤이면 대문 밖에서 요란한 노랫소리가 들렸다. "재신이 왔네! 재신이 왔네! 새해가 왔구나! 폭죽을 터뜨려라! 어서 대답해라! 어서 대답해라! 네 집에 해마다 기와집이 세워지리라! 어서 내놓아라! 어서 내놓아라! 금은보화가 네 집으로 들어가리라!" 대문 밖에서 재신의 노랫소리가 들리면, 어머니는 만두 반 그릇을 퍼서 아들에게 들려 내보냈다. 재물신으로 분장한 이들은 모두 거지였다. 그들은 질그릇이나 대나무 바구니를 들고 찬바람 속에 서서 적선을 기다렸다. 아무리 인색한 집안도 이날만

큼은 만두 반 그릇을 흔쾌히 내놓았으므로 거지들에게도 일 년 중 가장 기쁜 날이었다. 나도 재신 분장을 하고 싶었지만 부모님이 못 하게 했다.

어머니는 내게 어느 거지의 이야기를 들려주었다. 옛날에 한 거지가 섣달그믐 밤에 그릇을 들고 집집마다 돌아다니며 만두를 얻었다. 어느새 그릇에 만두가 넉넉히 모였다. 집에 가서 따뜻하게 데워 먹으면 춘절을 배불리 보낼 수 있을 것 같았다. 그런데 집에 도착해 보니 어느새 그릇 바닥이 얼어서 떨어져 나가고 가장자리에 붙어 있던 만두 하나만 남아 있었다. 그러자 거지가 한숨을 쉬며 이렇게 한탄했다. "내 팔자가 참으로 고약하구나. 만두 한 단지도 짊어지지 못하는 신세라니."

이제는 만두쯤은 매일 먹을 수 있다. 먹을 것의 유혹이 사라지자 춘절의 흥취도 반쯤 사라졌다. 중년이 되니 세월이 덧없이 흘러간다는 생각이 점점 더 자주 든다. 춘절을 한 번 쇠고 나면 경종이 울린 것 같다. 미식의 유혹도, 신비로운 분위기도, 순결한 동심도 없으니 춘절의 즐거움 또한 없다. 그러나 춘절은 쇠어야 한다. 아이들을 위해서다. 우리가 그리워하는 그 시절의 춘절에 요즘 아이들은 흥미가 없다. 그들에게는 그들만의 춘절이 있다.

　세월 가는 것이 참 황망하다. 하루하루가 강물처럼
스르르 흘러가고 있다.

1999년

나와
양

　다양한 품종의 양이 있고 생김새도 제각각 다르지만, 그중에서도 내게 특별한 기억으로 남아 있는 건 털이 복슬복슬한 면양이다. 이십 년 전, 내게는 면양 친구 두 마리가 있었다. 그들의 모습은 지금도 또렷이 기억나는 반면, 그때 내 얼굴이 어땠는지는 알 길이 없다. 당시 농촌에서는 사진을 찍는 일이 극히 드물었고, 예닐곱 살 사내아이가 거울을 들여다보며 자기 얼굴을 뜯어보는 일도 흔치 않았기 때문이다.
　어머니 말씀에 따르면, 내 어린 시절은 못나기 그지없어서, 조막만 한 얼굴은 얼룩 고양이마냥 꾀죄죄했고 입술 위에는 늘 콧물 두 줄기가 매달려 있었다고 한다. 시골에서는 그걸 두고 "두 마리 용이 수염을 토한다."라고 놀렸다. 어머니는 내가 어린 시절 아귀가 환생이라도 한 듯 밥을 엄청나게 먹어 댔다고 했다. 지난 설에 고향에 갔을 때 어머니는 다시 옛일을 꺼냈다. 본래 훤칠하게 자랄 아이였는데, 자라는 시기에 굶주려 지금처럼 비틀어졌다는 것이다. 말하던 어머니의 눈가에 눈물이 맺혔다. 나는 어머니가 슬퍼하는 게 싫어서 서둘러 화제를 돌려 양 두 마리 이야기를 꺼냈다.

어느 봄날 아침이었다. 집에 남루한 옷차림의 노인이 찾아왔다. 나는 문 뒤에 숨어서 호기심 가득한 눈으로 그를 보았다. 노인은 낯선 사투리로 할아버지와 이야기를 나누었고 품에서 백모근빵 두 개를 꺼내 내게 주었다. 빵은 달고 씹을 때마다 사각사각 소리가 났는데 지금도 그 맛을 잊을 수가 없다. 할아버지는 그 노인을 '둘째 할아버지'라고 부르라고 했다. 나중에 알고 보니 할아버지와 의형제를 맺은 사이로 화이하이(淮海) 전투* 때 군량을 나르

---

* 1948년 11월 6일부터 66일간 치러진 국공내전의 3대 결전 중 하나. 이 전투는 공산당이 국민당 정부를 무너뜨리고 중국 대륙을 장악하는 데 결정적인 역할을 했다.

다 만난 인연이었다.

둘째 할아버지가 내게 물었다.

"셋째야, 양 한번 길러 봐볼랑가?"

내가 "좋아요!" 하고 대답하자 둘째 할아버지가 웃으며 말했다.

"그라, 다음 장날에 내가 양 두 마리 갖다 주제."

둘째 할아버지가 떠난 뒤 나는 장날이 오기만을 기다렸다. 할아버지를 졸라 삼베를 꼬아 만든 채찍도 하나 얻었다. 드디어 장날이 되자, 둘째 할아버지가 정말로 새끼 양 두 마리를 커다란 광주리에 담아 등에 메고 나타났다. 눈처럼 새하얀 털이 곱슬곱슬했으며, 투명한 유리구슬처럼 파란 눈동자 아래 분홍빛 코가 앙증맞게 솟아 있었다. 광주리에서 꺼내자 어미 잃은 고아들처럼 계속 울어 댔는데 그 울음소리에 나도 덩달아 코끝이 시큰해지고 저절로 눈물이 났다. 둘째 할아버지가 말했다.

"두 달밖에 안 된 녀석들이여. 아직 어미 젖을 빨아야 하는디 어미가 죽어 불었어. 그래도 봄이라 새싹이 돋아나고 있으니께 잘 먹이몬 죽진 않을 기라."

그때는 1960년대 초, 살림이 어려운 시절이었다. 화폐가치가 떨어져 시장에 비싸지 않은 것이 없었는데 양은

그중에서도 특히 비쌌다. 둘째 할아버지가 할아버지와 죽을 고비를 함께 넘긴 의형제이기는 했지만 할아버지는 그래도 돈을 내밀었다. 그러자 둘째 할아버지가 염소 같은 수염을 씰룩거리며 성을 냈다.

"형님, 날 무시하는 기여? 내가 샤오싼*한테 주는 선물이라니께!"

할아버지가 웃으며 말했다.

"아우님, 이건 양값이 아닐세. 형이 길 떠나는 아우에게 노잣돈 좀 보태 주는 거지."

둘째 할아버지는 얼마 전 아내를 병으로 잃은 뒤 의지할 곳 없이 혼자 남게 되자, 가진 걸 정리하고 딸이 사는 동북부로 떠나려는 참이었다. 그가 떨리는 손으로 돈을 받으며 눈물을 글썽였다.

"형님, 우리 이제 다시 못 보겠지라⋯⋯."

양은 수컷과 암컷 한 마리씩이었다. 중학생이던 큰누나가 수컷은 '세료자', 암컷은 '발리야'라는 러시아식 이름을 지어 주었다. 중국과 소련의 관계가 우호적인 시절이

* 　중국에서는 성씨나 이름 중 한 글자 앞에 '라오(老)'나 '샤오(小)'를 붙여 애칭으로 부르는 습관이 있다. 연장자에게는 '라오'를, 동년배나 아랫사람에게는 '샤오'를 붙인다.

라 학교마다 러시아어를 가르쳤고, 누나는 반에서 러시아
어 과목의 대표였다.

　우리 마을은 세 개 현이 맞닿은 경계에 있었다. 마을
을 나와 동쪽으로 두 리쯤 가면 넓디넓은 초원이 펼쳐졌
다. 봄이 되면 끝없이 이어진 풀밭 위에 온갖 꽃이 피어나
거대한 카펫 같았다. 나와 양 두 마리는 그곳에서 천국을
만났다. 양들은 슬픔을 잊고 여린 풀을 배불리 먹은 뒤 풀
밭에서 뛰어다녔다. 나도 신이 나서 풀밭을 뒹굴며 놀았
다. 가끔 풀숲 사이에 둥지를 틀고 있던 종달새들이 깜짝
놀라 화살처럼 하늘로 치솟았다.

　세료자와 발리야는 점점 자라 살이 올랐다. 나는 여
전히 작고 말랐다. 가족 모두 자기 밥을 조금씩 덜어 내게
주었지만 나는 늘 배가 고팠다. 양들이 그 영리하고 민첩
한 주둥이로 연한 풀을 뜯어 먹는 것을 보고 부러워서 가
끔 나도 양들을 따라 풀을 씹어 보았다. 하지만 나는 양이
아니었다. 싱싱해 보이던 파릇한 풀들은 쓰고 떫어서 삼
킬 수가 없었다.

　어느 날 세료자의 머리에 분홍색 혹 두 개가 생긴 것
을 발견했다. 놀란 나는 급히 할아버지에게 달려가 물었
다. 할아버지는 웃으며 양에게 뿔이 나려는 징조라고 말

했다. 나는 세료자에게 뿔이 자라는 게 싫었다. 못생겨 보였기 때문이다.

봄이 가고 가을이 오자, 세료자는 제법 웅장한 자태를 뽐냈다. 네 다리는 튼튼하고 힘이 넘쳤으며, 머리 위의 뿔은 굵직하게 자라 양옆으로 둥글게 휘어졌다. 녀석은 준수한 소년의 이미지를 잃어버리고, 걸을 때마다 고개를 치켜드는 오만하고 거만한 꼴이 되었다. 나는 그때마다 녀석이 좀 겸손해지라고 머리통을 꾹꾹 눌러 주곤 했는데, 녀석은 그게 불만인지 머리를 홱 흔들어 나를 밀쳐 내곤 했다. 발리야도 자라서 풍만하고 우아한 암양이 되었다. 발리야의 머리에도 뿔이 자랐지만 훨씬 작았다.

우리 집 양들은 마을의 명물이었다. 내가 양을 몰고 풀밭에 가면 동네 조무래기들이 모여들어 멀찌감치 선 채 세료자의 뿔을 구경하며 내기했다. 누구든 감히 세료자의 뿔을 만지는 사람이 있으면 다 같이 나물 한 광주리를 캐서 주기로 한 것이다. 한번은 다좡(大壯)이라는 아이가 영웅이라도 된 듯 살금살금 다가갔지만, 손도 뻗어 보지 못하고 세료자에게 받혀 나뒹굴었다. 물론 나는 세료자가 무섭지 않았다. 머리를 누르지만 않으면 녀석은 내게 우호적이었다. 나는 녀석의 등에 올라타 멀리까지 갈 수도 있었다.

어떤 오지랖 넓은 사람이 할아버지에게 양을 팔라고 권하며 한 마리에 삼백 위안은 받을 수 있을 거라고 했다. 나는 그 얘기를 듣고 겁이 나고 부아도 치밀어서, 해가 다 저문 뒤에도 집에 가지 않고 양들과 함께 풀밭에서 자겠다고 고집을 부렸다. 그러자 나를 데리러 온 할아버지가 말했다.

"걱정하지 마라. 팔지 않을 거다. 네가 애지중지 키웠는데, 우리가 어찌 팔 수 있겠니?"

그 풀밭에는 국영농장에서 방목하는 양 떼도 있었다. 그중에 먼 서쪽 신장(新疆)에서 온 양 한 마리가 있었다. 예닐곱 살쯤 되어 보이고 세료자보다 덩치가 조금 더 컸다. 덥수룩하게 자란 털은 누렇게 때가 끼었고, 푸르스름한 뿔은 쇠 채찍처럼 구부러져 있었다. 녀석은 눈을 부릅 뜨고 사람을 곁눈질로 흘겨보는 버릇이 있었다. 나는 늘 이 양 떼를 멀리 피해 다녔다. 그런데 하루는 양 두 마리가 내 말을 듣지 않고 그 무리에 가까이 다가갔다. 그 양들을 돌보는 목동은 스물일고여덟 살쯤 되어 보였는데, 허름한 청색 교복을 입고 콧대에는 마작의 패 같은 두꺼운 안경을 걸치고 있었다. 야윈 얼굴이 염전처럼 창백했다.

그가 먼저 반갑게 말을 걸었다.

"꼬마야, 양을 아주 잘 키웠구나!"

내가 으쓱한 기분에 고개를 들자 그가 또 말했다.

"아쉽게도 품종이 좀 안 좋네. 네 암양을 우리 신장 씨 숫양과 교배시키면 아주 좋은 새끼를 낳을 텐데."

그러면서 그 늙고 못생긴 숫양을 가리켰다. 나는 서둘러 내 양들을 멀리 쫓으려고 했지만 이미 늦은 뒤였다. 늙은 숫양이 발리야를 보고는 뻔뻔스럽게 다가왔다. 녀석은 더러운 코를 발리야의 엉덩이에 대고 킁킁거리더니, 콧구멍을 벌름거리고 이빨을 드러내며 하늘을 향해 고개를 젖히는 등 아주 상스러운 건달 짓을 해댔다. 발리야가 꼬리를 움츠리며 도망쳤지만 그놈은 끈질기게 뒤를 쫓았다. 내가 화를 내며 채찍을 휘둘러도 놈은 아랑곳하지 않았다.

그때 세료자가 용감하게 달려들었다. 늙은 숫양은 노련한 싸움꾼이었다. 놈은 제자리에 버티고 선 채 세료자를 무시하듯 흘겨보았다. 늙은 건달 같은 모습이 꼴불견이었다. 싸움이 시작되자마자 늙은 숫양이 공격하는 척하면서 피하는 바람에 세료자가 벌러덩 넘어졌다. 하지만 세료자는 물러서지 않고 재빨리 몸을 일으켜 다시 돌진했다. 눈에서 붉은빛이 번뜩였고, 콧구멍이 벌렁거리며 거친 콧김을 내뿜었다. 마치 내 상상 속의 늑대 같았다. 그러자 늙은 숫양도 세료자를 만만하게 보지 않고 무쇠 같은 뿔을 흔들며 맞섰다. 콰당, 하는 엄청난 소리와 함께 네 개의 뿔이 부딪치며 불꽃이 튀는 듯했다. 둘이 기를 쓰고 싸웠다. 탕탕, 쾅쾅, 요란한 소리가 울리고 넓은 풀밭이 두 놈의 발굽에 짓이겨졌다. 나중에는 두 놈 모두 힘이 빠져 입에서 거품이 나오고 털이 축축하게 젖었다. 기진맥진한 두 놈이 팽팽히 맞섰다. 네 개의 뿔이 서로 얽혔다. 세료자가 세 걸음 나아가면 늙은 숫양이 세 걸음 물러났다. 늙은 숫양이 세 걸음 밀고 들어오면 세료자가 세 걸음 물러났다. 나는 애가 타서 울음을 터뜨렸다. 늙은 숫양을 향해 욕을 퍼부었지만 놈은 들은 체도 하지 않았다. 목동에게 고함을 질러도 역시 대꾸조차 하지 않았다. 목동은 내가 뭐라고 하는지 듣지도 않고 나무판에 고개를 처박은 채 무언가를 그리기에만 열중했다.

"이 자식아!"

내가 달려가 늙은 숫양의 엉덩이를 채찍 자루로 찌르자, 그제야 목동이 달려와 나를 말렸다.

"꼬마야, 조금만 기다려. 양 싸움 그림을 완성할 수 있게 해 줘……."

이제 보니 그의 나무판 위 흰 종이에 세료자와 늙은 숫양이 맞붙은 장면이 생생히 그려져 있었다. 늙은 양의 뒷다리만 아직 미완성이었다.

세상에 살아 있는 것들이 종이로 옮겨질 수 있다는 걸 나는 그때 처음 알았다. 저 지질해 보이는 목동에게 그런 놀라운 재주가 있다는 게 믿기지 않았고 존경심마저 들었다.

그 후 우리는 좋은 친구가 되었다. 매일 넓은 들판에서 만나 이야기를 했다. 그는 내게 세상의 신기하고 별난 이야기들을 들려주었고, 나는 우리 마을의 비밀스러운 일들을 얘기해 주었다. 그는 그 양 싸움 그림에 힘찬 필체로 자기 이름을 쓴 뒤 내게 주었다. 나는 보물을 얻은 듯 두 팔로 꼭 끌어안고 집으로 돌아갔다. 가족들에게 보여 주니 모두 놀라워했다. 나는 삶은 고구마를 풀 삼아 그림을 벽에 붙였다.

일요일에 누나가 곡식을 가지러 집에 왔다가 양 싸움 그림을 보더니 그 그림을 그린 사람이 유명한 화가인데 안타깝게도 지금은 우파로 몰렸다고 했다. 그날 오후, 누나를 데리고 가 목동에게 인사시켜 주었다.

그 뒤로도 늙은 숫양과 세료자는 몇 차례 더 싸웠지
만 승부가 나지 않았고, 어느 날부턴가 갑자기 화해한 듯
더 이상 싸우지 않았다.

이듬해 발리야는 새끼 두 마리를 낳았다. 털이 길고
부드러운 데다 꼬리가 땅에 닿을 듯이 긴 생김새가 정말
여느 양들과는 달라 보였다. 그 무렵에는 양값이 떨어져
네 마리를 합쳐도 백 위안이 되지 않았다. 나는 할아버지
가 조금 후회하고 있다는 걸 눈치챘지만 할아버지는 한마
디도 내색하지 않았다.

눈 깜짝할 사이 스무 해가 흘러 할아버지는 아흔이
되고, 나도 군에 입대해 몇 해가 지났다. 작년 휴가 때 고
향에 내려갔는데 할아버지가 이렇게 말씀하셨다.

"그 양가죽 말이다. 온통 좀이 먹었어……. 네 둘째 할
아버지도 저세상에 갔겠지……."

할아버지가 말한 양가죽은 세료자의 가죽이었다. 늙
은 숫양과 싸운 뒤 세료자의 성질이 사나워져서 툭하면
사람을 들이받았다. 들이받을 사람이 없으면 벽을 들이받
았는데, 양 우리 벽에 세료자가 만든 커다란 구멍이 뚫렸
다. 그러다 어느 날 그놈이 주인도 몰라보고 들이받는 바
람에 물을 주러 갔던 할아버지 머리가 찢어졌다.

할아버지가 "이놈은 더 두면 안 되겠구나." 하더니, 어느 날 내가 집에 없는 사이 넷째 삼촌을 시켜 세료자를 잡게 했다. 내가 집에 왔을 때 위풍당당했던 세료자는 이미 고깃덩이가 되어 솥 안에서 끓고 있었다. 우리 집안 아이들 십수 명이 솥 주위에 둘러앉아 고기를 기다리는 모습을 보고 나는 왈칵 눈물을 쏟았다. 어머니가 양 내장이 담긴 그릇을 내게 건넸고, 나는 마음이 편치 않았지만 게걸스럽게 먹어 치웠다.

발리야와 두 마리 새끼도 할아버지가 시장에 내다 파셨다.

그 후 누나는 양치기를 따라 떠났다. 양 싸움 그림은 누나가 떼어 갔는지, 어머니가 불쏘시개로 썼는지 기억이 나지 않는다.

1981년 9월

거위
훔친 날

1970년대 초, 우리 마을에서 거위를 키우기 시작했다. 그 전까지는 거위를 키우는 사람이 없었다. 우리 마을에 거위를 들여온 장본인은 '소두댁'이었다. 소두댁은 대장장이 차이(蔡)씨의 아내로 웨이산후(微山湖) 쪽에서 데려온 여자였다. 차이씨는 그 지역 사람들은 거위나 오리를 많이 기르고, 대나무를 짜서 겉면을 감싼 '웨이산후' 표 보온병도 만든다고 했다. 당시 보온병은 배급표*가 있

---

* 1950년대부터 1980년대 초까지 중국의 계획경제 시기에 물자 통제 제도가 시행되었는데, 주요 생필품을 구입하려면 배급표가 있어야 했다. 정부가 개인의 직업, 지역, 가족 구성에 따라 배급량을 정해 분배했다.

어야 살 수 있는 귀한 물건이었다. 나중에 자료를 찾아보니 당시 웨이산후표 보온병 생산공장이 지금의 텅저우(滕州)에 있었다. 삼십여 년 전, 지방 간부들은 '현'보다 '시'나 '주'가 더 세련된 명칭이라고 여겼다. 현이라는 이름이 붙어 있으면 왠지 촌스러워 보였지만, 현을 시로 명칭만 바꾸는 데도 비용이 많이 들었다. 당정 기관이나 병원, 학교, 기업의 간판과 도장을 모두 새로 만들어야 했기 때문이다. 하지만 이름을 바꾼다고 해서 달라지는 건 아무것도 없다. 산은 그대로 산이고, 강은 그대로 강이며, 땅도 사람도 다 똑같다. 지금도 현이라는 명칭을 유지하고 있는 곳들을 보면 나는 오히려 정겹다. '현(縣)'이라는 글자에는 묘한 고전미가 깃들어 있지만, 그와 동시에 잔혹함과 무정함도 함께 숨어 있다. 사전을 찾아보면 내 말의 뜻을 알 수 있을 것이다. 물론 사전을 찾아보지 않아도 아는 이들이 있을 것이다.

지금은 현을 넘고, 성을 넘어, 심지어 국경을 넘어 결혼하는 일이 흔하지만, 그때는 혼인의 반경이 매우 좁았다. 그 결과 한 마을 사람들이 대부분 친척 관계로 넝쿨처럼 얽히고설켜 있었다. 예전에 내가 논란이 될 만한 발언을 한 적이 있다. 개혁개방은 경제 번영과 사상의 자유뿐만 아니라 사람의 자질까지 향상시켰다고 말한 것이다. 논리적 근거를 가지고 한 말이 아니라 그저 생각 없이 내뱉은 말이었다.

대장장이 차이씨가 멀고 먼 웨이산후에서 '혹'이 딸린 여자를 데리고 오자 온 마을이 발칵 뒤집힌 건 두말할 필요도 없다. 그 '혹'은 그녀가 전남편 사이에서 낳은 아들이었는데, 내 또래였다. 아마 내가 우리 마을에서 처음으로 그 아이에게 말을 건 애였을 것이다. 우린 금세 친해졌다. 내가 그에게 처음 건넨 말은 "너 이름이 뭐야?"였다. 그는 "제팡(解放)."이라고 대답했다. 1960년대 초의 일이었다. 차이씨는 집도 넉넉하고 대장장이 솜씨도 좋을 뿐 아니라 마을에서 입김이 제법 세서 인민공사 간부들과 친분이 있었다. 덕분에 혼인 수속과 호구(戶口)* 이전 같은 복잡한 일들도 손쉽게 처리되었다.

지금 돌아보면 타지에서 온 그 여자는 사실 미인이었다. 하지만 당시 농촌의 미적 기준으로 긴 다리와 잘록한 허리, 길쭉한 목에 작은 머리가 어딘가 이상해 보였던 것 같다. 그래서 사람들은 그녀를 '소두댁'이라고 불렀다.

---

* 1958년 도입된 인구 등록 제도. 거주지를 도시와 농촌으로 구분해 이주, 복지 등에 제한을 두었다.

그해 보리를 수확할 무렵, 소두댁이 고향에서 외사촌 오빠를 데리고 왔다. 거위 새끼를 외상으로 팔러 왔다고 했다. 체격이 크고, 불그스름한 얼굴에 콧날이 우뚝했으며, 누런 치아가 튼튼해 보였다. 우리 마을에 해마다 병아리를 외상으로 팔러** 오는 사람은 있었지만 새끼 거위를 팔러 온 사람은 처음이었다.

그는 마을 한가운데 커다란 회화나무 아래 새장을 놓고 장사를 시작했다. 연노란 털이 보송보송한 새끼 거위들이 커다란 새장 두 개를 가득 채운 채 삑삑거리며 울어 댔고, 마을 아이들이 그 주위를 빙 둘러싸고 구경했다. 소두댁이 사촌오빠를 대신해 사투리 섞인 억양으로 열심히 손님을 불러 모았지만, 거위를 길러 본 적이 없는 마을 사람들은 선뜻 사지 못하고 망설였다.

얼굴에 옅은 마마 자국이 있는 장(蔣)씨 댁 아주머니가 말했다.

"아주머니, 우리더러 외상으로 가져가라고만 하는데, 뭘 먹여야 하는지도 알려 줘야지!"

소두댁이 말했다.

** 1960~1970년대 중국 농촌에서 외상 거래가 흔했다. 돈이 없는 농민들이 외상으로 물건을 산 뒤 수확기 이후에 갚는 방식이었다.

“새끼 때는 옥수숫가루를 물에 개어서 주면 돼요. 며칠만 있어도 물가에 가서 물고기나 새우를 잡아먹고 풀도 뜯어 먹을 거예요. 그럼 따로 먹일 필요 없어요.”

소두댁의 외사촌도 걸쭉한 서현 사투리로 맞장구를 치며, 이 짐승은 사실 사료가 전혀 필요 없고 물가로 몰기만 하면 저절로 큰다고 거들었다. 소두댁이 앞장서서 여섯 마리를 샀다. 병아리를 외상으로 팔 때는 암수를 구분하지 않았지만 거위는 수컷과 암컷을 따로 새장에 넣어 놓고 암수 한 쌍으로만 팔았다. 암컷만 사겠다고 해도 절대 들어주지 않았다. 수컷과 암컷이 짝을 이뤄야 잘 자랄 수 있고, 암컷만 키우면 오래 못 살기 때문이라고 했다.

그해 마을 사람 중 절반가량이 새끼 거위를 외상으로 데려갔다. 대부분 한 쌍씩 샀고, 열 몇 집은 두 쌍, 소두댁이 세 쌍으로 제일 많이 샀다. 무릇 동물이란 어릴 때 예쁘고 다 커서도 예쁘지만, 가장 못생겼을 때가 바로 어중간하게 자랐을 때다. 닭, 오리, 거위, 개 모두 마찬가지다. 거위들이 반쯤 자랐을 무렵 장마철이 되었다. 마을 서쪽에 길이 두 리, 폭 반 리쯤 되는 큰 물굽이가 있었는데 연일 내린 비에 물이 불어나 작은 호수처럼 되었다. 우리는 거의 매일 그곳에 목욕을 하러 갔다. 말이 좋아 목욕이지 사실 물놀이를 하러 갔다.

우리 마을은 강과 웅덩이를 끼고 있어 아이들의 수영 실력이 꽤 좋았다. 하지만 소두댁의 아들 제팡의 수영 실력은 누구도 따라가지 못했다. 그는 물웅덩이에서 온갖 영법을 선보이며 우리를 놀라게 했다. 내가 웨이산 호수가 이 웅덩이보다 얼마나 더 크냐고 묻자, 그는 코를 찡긋할 뿐 대답하지 않았다. 나중에 영화 〈철도유격대〉*를 보고서야 내 질문이 얼마나 가소로웠는지 깨달았다.

절반쯤 자란 거위들은 아침부터 밤까지 물 위를 떠다녔다. 물가 습지에 잡초, 조개, 미꾸라지 같은 먹잇감이 많아 따로 먹이를 줄 필요가 없었다. 해가 질 녘이면 집으로 돌아오는 거위도 있었지만, 간혹 집에 가지도 않고 수풀 속이나 물에 뜬 채로 자는 놈들도 있었다. 사람마다 생각이 다르고 생김새도 제각각이듯 거위도 다 다르게 생겨서 마을 아낙과 아이들은 자기 집 거위를 알아보았고, 거위들도 제 주인을 알아보았다.

그중에 '흰 자루 기관총**'이라는 별명이 붙은 수컷

---

* 1930년대 베이징과 상하이를 연결하는 진푸(津浦) 철도를 따라 활동한 항일운동조직을 그린 중국 영화로 산동성 웨이산후 일대가 영화에 자주 등장한다.

** 1922년 일본이 개발한 경기관총의 별칭으로, 사격이 용이하도록 자루가 구부러진 형태에서 유래했다.

거위가 있었다. 소두댁의 거위 여섯 마리 중 하나였다. 어릴 때 족제비에게 목을 물려 다친 뒤 장애가 남아 목 아랫부분이 한쪽으로 휘어 버렸다. 그래서 목이 위를 향하지 못하고 앞으로 평행하게 뻗어 있었다. 마치 언제라도 공격을 퍼부을 듯한 자세였다. 그 모습이 일본이 만든 흰 자루 기관총을 닮았다고 해서 그런 별명이 붙었다. 이놈은 성질이 유달리 사납고 공격성이 강했다. 마을에 있는 수십 마리 수컷 거위 중에서 가장 싸움을 즐겼고, 싸울 때마다 이겼다. 그 비틀린 목이 만들어 내는 기이한 공격 각도를 건강한 거위들은 도무지 방어할 재간이 없었던 것이다.

시간이 흘러 날은 점점 서늘해졌고 거위들도 많이 자랐다. 동짓날, 소두댁이 거위 장수 외사촌 오빠와 함께 당시에 적어 둔 장부를 들고 골목을 돌며 거위 값을 받으러 다녔다. 거위를 제대로 기르지 못한 집들도 투덜대며 소두댁을 원망했지만 그래도 외상값은 치렀다.

음력 11월이 되자 거위들이 알을 낳기 시작했다. 잔치를 치르는 집에서는 수컷 거위를 잡아 손님상에 올렸다. 암컷은 알을 낳아야 하므로 날마다 해 질 무렵이면 여주인이나 아이들이 물가에 가서 자기 집 거위를 찾아 데리고 왔다. 그러나 수컷 거위들은 돌아가길 싫어해서, 웅덩이 한가운데 부들과 갈대 수풀 속에 몸을 숨긴 채 주인이 아무리 불러도 뭍으로 나오지 않았다.

금세 섣달이 되었다. 살을 에는 추위로 물굽이에 두꺼운 얼음이 얼었다. 우리는 낮에는 들에 나가 땅을 고르고 도랑을 팠지만, 해가 짧고 눈보라까지 치니 하루에 몇 시간 일하지 못했다. 하루 일을 마치고도 별로 피곤하지 않은 사람들이 저녁상을 물린 뒤 여섯째 숙부 댁에 모여 포커를 쳤다. 여섯째 숙부는 생산대의 회계 담당이기 때문에 밤에 장부를 쓴다는 명목으로 등유 두 근을 받을 수 있었다. 제팡은 조커가 포함된 새 카드 한 벌을 가지고 있어서 매일 밤 빠지지 않고 나왔다. 우리 마을에 산 지 거의 십 년이 다 되어 가는데도 그에게는 여전히 고향 사투리가 남아 있었다. 차이씨의 성을 물려받아 이름도 '차이제팡'으로 바뀌었다.

포커판이 무르익을 즈음, 마을 확성기에서 〈인터내셔널가〉*가 울려 퍼지면 아홉 시가 된 것이었다. 라디오 저녁 방송이 끝나고 잘 시간이었다. 그때 문이 벌컥 열리

---

*　노동자 해방과 사회적 평등을 담은 사회주의 민중가요. 1880년에 만들어져 전 세계 각국 언어로 번역되었으며, 소련의 국가로 쓰이기도 했다.

며 누가 들어왔다. 생산대의 창고관리자로 '조조'라는 별명을 가진 사람이었다. 그의 본명은 밝히지 않겠다. 대체로 조조는 악인이라는 이미지가 강하다. 많은 학자가 그의 명예 회복을 위한 글을 많이 썼지만, 나관중의《삼국연의》에 묘사된 조조의 모습이 사람들의 관념 속에 워낙 굳게 뿌리내린 탓에 사람들은 조조라는 이름만 들어도 '간사함', '교활함', '간계에 능함' 등의 부정적인 말을 떠올린다. 처음에는 그를 '조조'라고 불렀지만, 나중에는 원래 조씨도 아닌 그를 간단히 줄여서 '조씨'라고 불렀다. 조씨가 들어오자마자 모자를 벗고 어깨의 눈을 털었다. 우리는 그제야 밖에 눈이 내리고 있는 걸 알았다. 그의 어깨에 쌓인 눈의 두께를 보니 꽤 많이 내리는 모양이었다.

키 작은 팡치(方七)가 말했다. "왜 이제 와? 파장하고 가려던 참인데."

조씨가 말했다. "가긴 어딜 가. 진짜 재밌는 건 아직 시작도 안 했는데."

그가 허리춤에서 비취색 술병 하나를 꺼냈다.

"아까 낮에 궈(郭)씨와 자오허(膠河) 농장에 갔다가 한 잔 했는데, 관리부 취사원 왕(王)씨가 이걸 몰래 줬어. 징즈바이간(景芝白干)*이야."

그가 술병을 들고 휘휘 흔들더니 술병을 불빛에 비춰 병 속에 생긴 거품을 보여 주었다. 진한 술 냄새가 뚜껑 틈새로 퍼지자 모두 코를 벌름거리며 킁킁댔다.

"아쉽게도 안주가 없네!" 조씨가 말했다.

그러자 여섯째 숙부가 말했다. "달걀 두 개 부칠까?"

"좋죠! 거위알 두 개에 배추 반 포기만 줘요."

그러자 구들 가장자리에서 꾸벅꾸벅 졸고 있던 여섯째 숙모가 말했다.

"거위알이 어디 있어? 당신이 낳았수?"

거위알은 워낙 커서 세 개면 거의 한 근이었다.

팡치가 말했다. "됐어. 내일 마시자. 조씨, 술은 일단 여기 두고, 내일 저녁에 각자 거위알 하나씩 들고 오기로 하자고. 많으면 더 좋고. 없으면 달걀도 괜찮아. 고기나 생선도 돼."

"되긴 뭐가 돼! 내일은 또 내일 먹을 게 있겠지. 이렇게 하자."

조씨의 눈동자가 약삭빠르게 반짝였다.

"샤오창(小昌), 제팡, 너희 둘이 물굽이에 가서 거위 두

* 산둥 지방에서 생산하는 백주의 일종.

마리만 잡아 와. 삶아 먹자.”

팡치가 난색을 보였다. “그걸 언제 기다려?”

조씨가 말했다. “밤도 긴데 급할 게 뭐 있어?”

나는 제팡을 보았고 제팡도 나를 보았다. 둘 다 망설이고 있는데 조씨가 부추겼다. “겁날 게 뭐 있어? 한밤중인데 누가 안다고.”

제팡이 말했다. “발자국이 남을 텐데요.”

팡치가 웃었다. “눈이 이렇게 오는데 발자국은 무슨.”

내가 말했다. “다들 약속해요. 한 사람도 입 밖에 내면 안 돼요.”

조씨가 말했다. “알았어. 거위를 잡아 오면 다 같이 먹을 텐데 누가 말하겠냐? 젊은것들이 왜 이렇게 겁이 많아? 겁먹지 말고 배짱을 가져!”

나와 제팡은 눈빛을 주고받은 뒤 밖으로 나왔다. 조씨가 뒤통수에 대고 말했다. “꾸물거리지 말고 어서 가! 물굽이 북쪽 갈대밭에 거위 열몇 마리 있는 걸 오다가 봤어.”

눈이 펑펑 내렸지만 별로 춥지 않았고, 들판에 눈이 하얗게 쌓여 그리 어둡지도 않았다. 우리는 말없이 걸었지만 나는 기분이 이상했다. 허락된 나쁜 짓을 하러 가는 건지, 금지된 좋은 일을 하러 가는 건지 헷갈렸다. 우리는 눈 덮인 가시덤불을 헤치고 얼어붙은 물굽이로 살금살금 내려갔다. 눈이 쌓여 유난히 미끄러운 얼음 위를 가로질러 갈대 덤불 쪽으로 다가갔다. 그때 발밑에서 쩍, 하는 소리가 나며 얼음 표면을 따라 멀리까지 퍼졌다. 거위들이 놀란 듯 갈대 덤불 속에서 긴 울음소리가 들렸다. 거위는 원래 기러기를 길들인 가축이라 기러기의 습성이 아직 남아 있다는 얘기를 들은 적이 있었다. 기러기는 가장 경계심이 강한 조류라 잘 때도 보초를 세운다고 했다.

허리를 굽히고 살금살금 다가갔지만 발을 디딜 때마다 사박사박 눈 밟는 소리가 났다. 고요한 밤공기 속에서 그 소리가 유난히 크게 울렸다. 거위들을 순식간에 덮치려고 눈밭에서 엉금엉금 기어서 전진했다. 시린 얼음이 손을 찔러도, 솜저고리가 젖어도 아랑곳하지 않았다. 거위를 잡으려는 우리는 필사적이었다. 둥그렇게 뭉쳐서 자는 거위 떼에 몇 미터 거리까지 다가갔을 때, 우리는 약속이나 한 듯 벌떡 일어나 덮쳤다. 마치 폭탄이 떨어진 듯 거위들이 울어 대며 뿔뿔이 흩어졌다. 나는 그중 한 마리를 몸으로 눌러 울지 못하게 목을 꽉 틀어쥐었다. 제팡도 한 마리를 낚아챘다.

우리가 여섯째 숙부 집으로 들어설 때 벽시계의 종이 열두 번 울렸다. 내가 손에 든 거위를 내려놓자 조씨가 기겁해서 소리쳤다.

"이런 젠장, 우리 집 거위잖아!"

조씨네 거위는 방 안을 이리저리 뛰어다니며 꽥꽥 울어댔다. 팡치가 잽싸게 거위 목을 잡아채더니 단번에 비틀어 버렸다. 조씨가 팡치를 발로 걷어차며 거친 욕을 내뱉었다.

숙부가 말했다. "하늘의 뜻이야!"

모두 웃음을 터뜨렸지만 조씨의 성난 얼굴을 보고 웃음을 삼켰다. 그다음 우리의 눈빛이 제팡의 품에 안겨 있는 거위 쪽으로 일제히 쏠렸다. 이제 보니 바로 그 '흰 자루 기관총'이라 불리는 사나운 거위였다. 놈은 제팡의 품에서 벗어나려고 비뚤어진 목을 꿈틀거리며 시커먼 눈동자를 번득였다.

"불공평해!" 조씨가 소리를 질렀다. "술도 내가 가져왔는데 내 거위까지 잡겠다고? 너무하잖아!"

제팡이 말했다. "우리 집 거위는 내가 못 잡아요. 다른 사람이 해요."

숙부가 말했다. "한 마리면 됐어. 저 목 비뚤어진 놈은

고기도 질길 거야. 그냥 풀어 줘."

"무슨 소리!" 조씨가 소리쳤다.

"기다려 봐요!" 제팡이 거위를 안고 밖으로 나갔다. 잠시 후, 그는 죽은 거위를 문틈으로 홱 던져 넣고는 저벅 저벅 눈을 밟으며 사라졌다.

2024년 9월 21일

어린 시절에
본 영화

1960년대에는 영화가 나 같은 농촌 소년들의 마음을 마술처럼 사로잡았다. 감독이나 배우는 말할 것도 없고, 돌아다니며 영화를 틀던 현(縣) 영화대의 상영기사들조차 신비로운 존재였다. 당시 우리 현의 영화대에는 한 조에 세 명으로 구성된 상영조가 네 개 있었다. 그들은 외바퀴 손수레에 발전기, 영사기, 필름, 은막을 싣고 현 전체의 천 개 가까운 마을을 돌며 영화를 상영했다. 상영조가 인근 마을을 거쳐 점점 우리 마을로 다가오면 초조하고도 들뜬 마음으로 기다리기 시작했다. 형과 누나들은 진작 이웃 마을에 가서 몇 번이고 영화를 보고 온 뒤, 내 앞에서 신나게 줄거리를 늘어놓았다. 나도 따라가고 싶었지만 성가시다며 데려가려 하지 않았다. 형은 "우리 마을을 벗어나면 강행군이야. 한 시간에 최소 십 킬로는 걸어야 한다고. 넌 못 버텨."라고 잘라 말했다. 어머니도 못 가게 했다. "어차피 며칠 있으면 우리 마을에도 오는데, 하루 일찍 보나 늦게 보나 뭐가 달라?"

상영조가 우리 마을에 도착할 즈음 되면 나는 이미 형, 누나들에게 들은 이야기만으로도 그 영화의 줄거리를 훤히 꿰고 있었다.

하지만 남이 들려주는 이야기는 자기 눈으로 직접 보는 영화를 대신할 수 없는 법. 남들이 생생하고 재미있게 묘사해 줄수록 오히려 직접 보고 싶은 갈망이 더 커졌다. 나는 이탈리아 영화 〈시네마 천국〉 속 마을 사람들처럼 영화에 쉽게 감동해 눈시울이 뜨거워지곤 했다. 영화 한 편에 반년 내내 푹 빠져 있다가 겨우 정신을 차릴 만하면 다음 영화가 또 우리 마을을 향해 다가오고 있었다.

나이를 한두 살 더 먹으면서 드디어 나도 마을 밖으로 영화를 보러 나갈 수 있는 자격을 얻었다. 처음엔 이웃 마을까지만 갔지만, 점점 멀리까지 나가 십여 리 밖, 심지어 다른 현까지 넘어가곤 했다. 그러다가 자전거를 타고 장터 네 곳을 옮겨 다니는 구두 수선공 두뱌오(杜彪)를 알게 됐다. 소와 양을 몰고 작은 다리를 건널 때 그를 자주 마주쳤는데, 어느 날 해 질 무렵 다리 어귀에서 그를 만났다. 그가 멀리서 나를 보고 소리쳤다.

"얼른 가 봐라. 오늘 밤 랴오란(蓼蘭)에서 영화를 튼대!"

"나 속이는 거 아니죠?"

"내가 널 뭐 하러 속이냐? 은막도 벌써 걸었어. 내가 두 눈으로 봤다니까."

"뭐 하는데요?"

"〈붉은 여군부대〉*."

"정말 거짓말 아니죠?"

"이놈이 속고만 살았나! 내가 왜 거짓말을 하겠어?"

나는 겨우 어머니를 졸라 허락받은 뒤, 다쿠이(大奎)와 샤오러(小樂)도 부모님의 허락을 받아 내도록 거들었다. 우리는 밥 먹을 겨를도 없이 각자 전병과 대파 한 뿌리씩 쥐고 랴오란으로 내달렸다. 뛰면서 목구멍으로 전병과 대파를 밀어 넣었다. 우리 마을에서 랴오란으로 가려

---

* 〈紅色娘子軍〉. 1961년 영화로 농촌 여성 우충화가 공산당 여군부대에 들어가 혁명가로 성장하는 과정을 그렸다.

면 넓은 습지를 가로질러야 했다. 좁은 길 양옆에 키 큰 수수가 빽빽하게 자라고 있었다. 어떤 곳은 잡초가 무성해 길조차 보이지 않았다. 이따금 여우나 고슴도치 같은 작은 짐승들이 우리의 발소리에 놀라 튀어나오기도 했다. 중간쯤 갔을 무렵 하늘이 깜깜해지고 별이 가득 떴다. 사방에서 개구리울음이 들리고, 놀란 새들이 깍깍거리며 멀리 날아갔다. 우리 중 누구도 무섭다고 하지 않았지만 사실 속으로는 겁이 났다. 시커먼 것이 우리 앞에서 펄쩍 뛰어오르며 괴성을 지르면 기겁해서 다리가 풀릴 지경이었다. 심장이 입 밖으로 튀어나올 것만 같았다. 샤오러가 몸을 돌려 도망치려는데 다쿠이가 붙잡았다. 다쿠이가 내게 물었다.

“진짜 영화 하는 거 맞지?”

“두뱌오한테 직접 들었다니까.”

다쿠이가 다시 물었다. “그 사람이 널 속인 거면 어떡해?”

샤오러가 울먹였다. “분명 널 속인 거야…… 속인 게 아니라면, 왜 아직 아무 소리도 안 들리는데?”

다쿠이가 한참 귀를 곤두세우고 소리가 들리는지 살펴보았다.

"뭔가 희미하게 들리는 것 같아. 너희도 들어 봐."

우리도 귀를 기울였다. 벌레와 개구리의 합창 소리 너머로 언뜻언뜻 음악 소리가 들리는 듯했다. "여기까지 뛰어왔는데, 일단 가보자." 다쿠이가 단호하게 말했다.

우리는 한 줄로 섰다. 맨 앞에 다쿠이가 서고, 가운데 샤오러, 맨 뒤에 내가 서서 빠른 걸음으로 걸었다. 평탄하고 넓은 도로가 아니라 험하고 질퍽한 오솔길로 십팔 리나 이어졌고, 대낮도 아닌 깊은 밤이었다. 우리는 걷다 뛰다를 반복했고, 몸에 흐르던 땀은 어느새 다 말라 버렸다. 마침내 음악 소리가 또렷해졌다. 큰 마을의 윤곽이 어렴풋이 보이고, 마을 상공으로 환한 불빛이 번지고 있었다……. 우리가 상영장에 도착했을 때는 주인공 우충화(吳瓊花)가 벌써 여군부대에 입대한 뒤였다. 우리는 이것저것 따질 겨를 없이 숨죽이고 영화를 봤지만, 실컷 보지도 못하고 영화가 끝나 버렸다. 돌아오는 길에 재잘거리며 영화 얘기를 하는데 점점 종아리에 납이 달린 듯 걸음이 무거워지고 눈꺼풀은 내려앉았다. 걷다가도 꾸벅꾸벅 조는 통에 당장이라도 땅바닥에 드러눕고 싶었다. 그러자 다쿠이가 수수밭에 진짜 늑대가 있으니 여기서 잠들면 잡아먹힐 거라고 겁주었다.

어느새 달이 떠올라 있었다. 반쪽짜리 달이었다. 삼태성*이 서쪽으로 기운 걸 보니 이미 자정이 지난 시간이었다. 긴 꼬리를 그리며 하늘을 가로지르는 커다란 별똥별에 잠깐 정신이 들었다가도 곧 다시 몽롱해졌다. 속으로 후회도 밀려오고, 심지어 절망스럽기까지 했다. 샤오러는 벌써 몇 번이나 울었다. 다쿠이는 결정적인 순간마다 앞장서서 온갖 방법으로 우리를 다독여 계속 나아가게 했다. 사실 그는 나보다 고작 두 살 위였을 뿐이다. 훗날 그가 우리 가오미 둥베이향의 이름난 돼지 도축업자가 된 것은 필연이면서도 참 씁쓸한 일이 아닐 수 없다. 마침내 마을 뒤편 제방 꼭대기에 다다르자, 어머니가 어릴 적 집에서 부르던 내 이름을 크게 부르는 소리가 들렸다. 그 소리를 듣자마자 나도 모르게 눈물이 왈칵 쏟아졌다.

하지만 다음 날 우리 셋은 의기양양했다. 우리보다 나이가 많은 사람들에게도, 어린아이들에게도 〈붉은 여군부대〉의 줄거리를 들려주었다. 우리가 못 본 앞부분은 어물쩍 넘겨 버렸다. 그때는 기억력이 좋아서 영화 삽입곡을 한 번만 들어도 곧잘 따라 부를 수 있었다. 특히 은전

---

*　북두칠성의 국자 부분에 있는 세 쌍의 별.

몇 닢을 감싼 우충화의 손이 화면 가득 비치는 장면을 과장된 말투로 묘사했다. 나는 그걸 '근접 촬영'이라고 부른다는 사실도 알고 있었다.

우리가 조금씩 나이를 먹고 살림이 차츰 나아지며 각자 자전거를 갖게 되자 더 멀리까지 영화를 보러 다녔다. 영화는 그 시절 우리 마음을 달래 주는 옹달샘 같았고, 다른 현의 젊은이들과 우정을 이어 주는 끈이었다. 우리 마을 젊은이 중에 영화를 보러 다니다가 다른 현 사람과 사랑이 싹터 결혼한 이도 꽤 있었다.

세월이 흐른 지금, 텔레비전에서 어린 시절에 보았던 옛 영화를 다시 방영해 줄 때면 그때 눈물짓던 장면에서 여전히 눈물이 난다. 이제 옛 영화는 과거를 회상하게 하는 매개체가 되었다. 영화를 본다기보다, 그 시절의 젊은 자신을 되돌아보는 행위인 셈이다.

1980년대 말이 되자 집집마다 텔레비전이 보급되었다. 하지만 영화의 등장으로 소설이 사라지지 않았듯, 텔레비전이 생긴 뒤에도 영화는 인류의 문화 속에서 퇴장하지 않았다. 소설, 영화, 텔레비전이 각자의 길을 따라 발전했고, 단지 서로 더 많이 얽히고설키게 되었을 뿐이다.

그때는 꿈에도 상상하지 못했다. 수십 년 뒤 내가 영

화와 밀접한 인연을 맺게 될 줄은. 장이머우가 (만원 버스를 타다 발을 다쳐) 다리를 절뚝거리며 신발 한 짝을 손에 들고, 당시 내가 다니던 학교로 나를 찾아와서는《홍가오량 가족》을 영화로 만들고 싶다고 할 줄은 말이다.

2009년 10월

술과의
인연

삼십여 년 전, 아버지가 말린 고구마 열 근을 통 크게 내주고 백주 두 근을 받아 왔다. 할아버지의 병환을 치료하러 올 귀한 손님을 대접하기 위해서였다. 아버지 말에 따르면, 그 손님은 성격이 무척 호탕하고, 의술은 뛰어나지만 정식 의사는 아니었다. 또 양손으로 동시에 글씨를 쓸 수 있을 뿐 아니라, 한 손으로는 매화전(梅花篆)을, 다른 손으로는 개자문(蝌蚪文)을 쓸 수 있었다. 게다가 술도 세고 검술에도 능했다. 취기가 오르면 늘 노래를 불렀는데 그 처량하고 구슬픈 노랫소리에 기와가 흔들릴 정도였고, 노래가 끝나고 검무를 추면 달빛 아래에서 은빛 검광만

번뜩일 뿐 사람의 몸놀림은 보이지 않았다고 했다. 이런 협객 같은 인물이 할아버지의 외가 쪽 친척이었다고 하지만, 우리 항렬은 물론이고 아버지 항렬 중에서도 그를 실제로 본 사람은 없었다.

아버지는 술을 창가에 올려 두고 귀한 손님이 오기를 기다렸다. 우리 형제들은 별을 바라고 달을 바라듯 그를 기다렸다. 한참을 기다려도 기인은 오지 않았다.

창가에 놓인 백주는 퍽이나 외로워 보였다. 술은 하얀 병에 담겨 있었고, 병 입구는 고무마개로 공기 한 점 스며들지 못하게 단단히 막혀 있었다. 나는 종종 병 속 투명한 액체를 바라보며 그 향기로운 냄새를 상상하곤 했다. 때로는 병을 들어 한 손으로 병목을 잡고 다른 손으로는 바닥을 받치고 미친 듯 흔들어 대다가, 문득 멈추어 병 속에서 솟구치는 무수한 진주 같은 거품을 감상하기도 했다. 그렇게 맹렬히 흔들고 나면 병에서 한 가닥 술 향기가 새어 나오는 듯했고, 입안에 침이 고였다. 하지만 감히 마실 엄두는 내지 못했다. 할아버지와 아버지도 아까워 드시지 못하는 술이었다. 만약 술이 줄어든 사실을 들킨다면, 엄한 가법에 따라 무자비한 벌을 받으리라는 것을 알았다.

마침내 어느 날, 집에 아무도 없는 틈을 타 나는 이로 병마개를 물어뜯어 열었다. 병을 들어 올려 먼저 탐색하듯 조심스레 한 모금 찔끔 들이켰다. 맛은 과연 비할 데 없이 황홀했다. 다시 사납게 꿀꺽, 한 모금 크게 들이켰다. 그러자 배 속에서 초록색 불덩이가 홧홧 타오르는 듯했고 눈앞의 사물들이 불안하게 흔들렸다. 나는 병뚜껑을 잘 닫아 놓고 집을 빠져나왔다. 머리는 무겁고 발은 가벼워져 마치 구름과 안개를 탄 듯 몽롱한 기분으로 강둑을 향해 달렸다.

그 뒤로 나는 틈만 나면 몰래 그 술을 마셨다. 들키지 않으려고 마실 때마다 물동이에서 냉수를 떠다가 술을 마신 만큼 채워 넣었다. 몇 달이 지나자, 병 속에 든 게 술인지 물인지 분간할 수 없게 되었다. 수십 년이 흐른 뒤 술병 이야기를 꺼내자 둘째 형이 히죽히죽 웃으며 털어놓았다. 나뿐만 아니라 형도 그 술을 몰래 마셨다고 말이다. 물론 형도 술을 마신 뒤 물을 채워 넣었다고 했다.

나의 음주 인생은 그렇게 비밀스럽게 시작되었다. 그땐 정말 술이 고팠다. 마을 동쪽에서 누가 술을 마시면 서쪽 끝에서도 술 냄새를 맡을 정도였다. 열일고여덟 살에는 잔칫집에 갈 기회가 있을 때마다 어머니가 일부러 나

를 보냈다. 한 끼 배불리 먹게 하려는 뜻이었는지, 술을 실컷 마시게 하려는 의도였는지는 모르겠다. 사실 그런 자리는 둘째 형이 가는 게 마땅했지만 어머니는 꼭 나를 보냈다. 세상 부모들은 원래 막내에게 제일 마음이 가는 법이다.

군에 입대한 뒤에는 술 마실 기회가 많아졌으나 엄격한 규율 때문에 입맛만 다실 뿐 제대로 마실 수가 없었다. 그래서 휴가 때마다 고향에 가면 연일 술판을 벌였다. 매번 세 잔쯤 들어가면 기분이 호쾌해져서 어머니의 당부도, 이튿날 아침에 날 괴롭힐 숙취도 잊어버렸다. "이백은 술을 마시며 시 백 편을 썼노라.", "한평생 살면서 정녕 몇 번이나 취할 수 있겠는가." 하는 호기로운 말들이 귓가를 윙윙 울렸다. 그래서 권하면 마시고, 권하지 않아도 마시며 늘 추태를 부릴 때까지 마셔 댔다.

1988년 어느 가을밤 나는 만취하여 병원에 실려 갔다. 링거를 맞고 억지로 토하면서 한나절이나 응급실 신세를 졌다. 그때 과음의 타격이 컸는지 그 후 한참 동안 술 냄새만 맡아도 속이 울렁거렸다. 그 일을 계기로 술을 조심하게 되었다. 젊은 시절 술이 없을 때는 언제 한번 통쾌하게 마셔 보나 하고 간절히 바랐지만, 1980년대 중반 이

후로는 술에 염증을 느꼈다. 한동안은 아예 입에도 대지 않았다. 아무리 절친한 친구가 감언이설로 꾀어도 마시지 않고 술자리에서 물러났다.

《술의 나라》라는 장편소설을 쓴 적이 있다. 술의 죄악을 따져 묻고, 술에 취한 세상 사람들을 깨우치겠다는 포부를 품었지만, 사실 취객의 몽상이며 신발을 신은 채 가려운 곳을 긁는 격이었음이 분명하다. 아이가 술을 마시는 건 좋은 일이 아니다. 우리는 그 특수한 시대 상황에서 어리석은 일을 저질렀을 뿐, 지금의 아이들은 절대로 따라 해서는 안 된다.

1997년 2월

뜨거운 물로
목욕하기

군에 가기 전까지 스무 해를 시골에서 살면서 뜨거운 물로 목욕을 해 본 적이 없다. 그 시절에는 강에서 목욕을 했다. 내 기억 속 여름은 지금보다 훨씬 더웠다. 점심을 먹고 나면 온몸이 땀으로 흠뻑 젖었다. 그러면 밥그릇을 내던지고 강둑으로 달려가 물속으로 머리부터 처박았다. 물에 뛰어들어 첨벙거리는 것이니 '수영'이라고 해야 했지만 우리는 언제나 그걸 '목욕'이라고 불렀다. 우리는 모두 물에는 이골이 나 있었다. 아무도 가르쳐 주지 않고 혼자 터득했으니 헤엄치는 자세도 제각각이었다. 그 시절에는 여름이면 열 살 아래 사내아이들은 거의 아랫도리 속

옷만 하나 걸치거나 아예 알몸으로 다녔다. 온몸이 진흙 투성이인 데다 햇볕에 그을려 까맣고 반들반들한 고등어 같았다.

강이 얼어 버리면 목욕을 할 수가 없었다. 몸이 버석버석하게 마른 채 겨울을 보냈다. 몸에 먼지와 때가 덕지덕지 들러붙어 동전보다도 두꺼운 더께가 생겼다. 그때 난 도시 사람들은 한겨울에도 더운물로 목욕할 수 있다는 걸 몰랐다.

내 생애 첫 온수 목욕을 한 건 갓 입대해 현성(縣城)* 에서 군복으로 갈아입을 때였다. 그때 난 스무 살이었다. 그해 겨울, 우리 현에서 징집된 신병 육백 명이 현성에 집합해 군복을 받은 뒤 두 개의 목욕탕에 나누어 들어갔다. 홀딱 벗은 청년 삼백 명이 구호를 외치며 만두처럼 욕탕 속으로 뛰어들었다. 순식간에 탕에 사람이 가득 차 살덩이가 빽빽한 숲 같았다. 말이 좋아 목욕이지 사실 더운물에 몸을 살짝 적신 정도였다. 그마저도 비집고 들어갈 힘이 없는 사람은 물 한 방울도 묻히지 못했다. 그래도 한겨울에 실내에서, 게다가 따뜻한 물로 목욕을 할 수 있다는

* 　현정부 소재지.

걸 나는 그때 처음 알았다.

우리 부대는 아주 외진 농촌에 있었고 주변에 목욕할 만한 강도 없었다. 우리는 온종일 기고 구르며 훈련을 받고, 직접 돼지를 치고 채소를 재배했다. 그러니 온몸이 말뚝망둥어처럼 흙투성이에 악취가 진동했다. 큰 명절이 다가오면 부대 간부가 현성에 있는 목욕탕을 미리 섭외해 놓고 트럭 여러 대에 우리를 실어 날랐다. 그날만큼은 통째로 빌린 목욕탕에서 마음껏 씻을 수 있었다. 그 지역이 오랜 혁명 근거지였기 때문에 주민은 병사들에게 특히 친절했다. 목욕탕 직원들도 공짜로 비누를 쓰게 해 주고 따뜻한 차까지 제공해 우리를 감동시켰다.

우리는 보통 목욕탕에서 네 시간을 보냈다. 오전 아홉 시에 들어가 오후 한 시에 나왔다. 먼저 선임병의 인솔하에 대형 욕탕의 미지근한 물에 몸을 담가 때를 충분히 불린 뒤 둘씩 짝을 지어 서로의 때를 밀어 주었다. 살을 한 꺼풀 벗겨 낼 것처럼 살갗이 빨개지도록 문질렀는데, 실제로도 한 겹 벗겨 낸 것이나 다름없었다. 한차례 때를 밀고 나면 다시 탕에 들어가 몸을 더 불리고 나와서 다시 한 번 발가락 사이까지 꼼꼼히 문질렀다.

때를 다 밀고 나면 선임병이 욕탕 옆에 서서 외쳤다.

"뜨거운 거 잘 참는 놈, 좋은 걸 누릴 줄 아는 놈은 따라와! 작은 탕으로 가자!"

우리는 그를 따라 작은 욕탕으로 향했다. 수온은 섭씨 40도가 넘었고, 물은 바닥이 보일 만큼 맑았으며 아른아른 김이 피어올랐다. 신병 하나가 손을 넣어 보더니 '악' 소리를 질렀다. 선임병은 코웃음을 치며 "호들갑은……." 하고는 시범을 보이듯 심호흡을 한 번 하고 욕탕으로 들어갔다. 탕 가장자리를 양손으로 짚고 두 눈을 감더니 천천히 물속에 몸을 담갔다. 몇 분이 지나도록 그가 꼼짝도 하지 않자 우리는 덜컥 겁이 났지만 숨죽이고 지켜보았다. 한참 뒤에야 선임병이 '후' 하고 긴 숨을 내뱉었는데 그가 내뱉은 숨의 길이를 재면 삼 미터는 족히 될 것 같았다.

선임병의 자상한 지도에 따라 우리는 욕탕 가장자리에 줄지어 쪼그리고 앉았다. 우선 손으로 뜨거운 물을 조금씩 떠서 몸에 끼얹어 피부가 온도에 차츰 적응하도록 했다. 그러고는 발뒤꿈치부터 조금씩 물에 담그며 잇새로 '후후' 숨을 들이마셨다. 마침내 발 전체를 담갔다. 선임병은 아무리 뜨겁고 아파도 빼지 말고 꾹 참으라고 했다. 우리는 그의 말에 따라 이를 악물고 조금씩 다리를 물속으로 밀어 넣었고, 마침내 허벅지까지 잠갔다. 수많은 바늘이 다리를 찌르는 듯 고통스럽고 눈앞에서 노란 불꽃이 튀었다. 양쪽 귓가에서 윙윙 소리가 울렸다. 하지만 이를 악물고 흔들리지 않으려고 안간힘을 썼다. 조금이라도 흔들리면 모든 게 헛수고라고 했다. 이내 뜨거운 땀방울이 벌레처럼 땀구멍을 타고 스멀스멀 기어 나왔다. 그다음 선임병의 격려에 용기를 내, 눈을 질끈 감고 이를 악문 채 뜨거운 물속으로 몸 전체를 밀어 넣었다. 그 순간 온갖 감정이 뒤섞여 아우성쳤다. 대부분은 불화살처럼 물 밖으로 뛰쳐나갔다. 하지만 선임병이 말했다.

"의지가 강한 놈인지 아닌지는 바로 이 순간에 알 수 있지. 지금 도망치면 평생 뜨거운 물로 목욕하는 복을 누리지 못할 거다."

나는 죽기 살기로 이를 악물고 버텼다. 끓는 물처럼 뜨거운 피가 혈관을 타고 온몸을 돌고 땀이 비 오듯 쏟아졌다. 몸 안에 있던 더러운 것들이 땀과 함께 씻겨 내려가는 것 같았고, 그 단계가 지나자 내 몸이 내 것이 아닌 듯 붕 떠 있는 느낌이 들었다.

그때 감각이 남은 곳은 머리뿐이었고, 스스로 움직일 수 있는 기관도 눈꺼풀 하나였지만, 그조차 움직이기가

귀찮았다. 그저 눈을 지그시 감은 채 욕탕 가장자리에 머리를 기대고 잠시 잠들어도 좋았다.

신선처럼 뜨거운 물에 십 분쯤 몸을 담근 뒤 나른하게 혼잣말을 중얼거렸다.

"어이, 친구, 이제 됐어. 이제 나가야 할 때야. 더 있다가는 흐물흐물 녹아 버리겠어."

간신히 몸을 추슬러 양손으로 욕탕 가장자리를 짚고 천천히 상체를 물 위로 들어 올렸다. 빨리 움직이고 싶어도 몸이 말을 듣지 않았다. 욕탕 밖으로 나오면 내 몸이 잘 익은 바닷가재처럼 새빨갛게 변해 있었다. 몸에서 시원한 향기가 나고, 후텁지근한 목욕탕 안이 신선 동굴에 들어간 듯 서늘하고 상쾌하게 느껴졌다. 그때 앞에 긴 의자가 보이면 의자에 눕고, 없으면 바닥에라도 드러누웠다. 그러면 아픈 것도 아니고 저린 것도 아닌 근질근질한 감각이 온몸으로 번졌다. 행복인지 고통인지 분간할 수 없는 그 묘한 기분을 평생 잊을 수 없다. 서늘한 의자에 누워 있으면 하늘과 땅이 눈앞에서 빙빙 돌고 온몸이 구름 위에 떠 있는 듯했다. 삼십 분쯤 누워 있다가 일어나 다시 뜨거운 탕에 십 분 정도 몸을 담근 뒤 샤워기로 헹궜다. 사실 헹구든 말든 상관없었다. 위생 관념이라는 게 별로 없던

시절이었으니까. 그렇게 한번 목욕을 하고 나면 환골탈태
한 듯 정신이 맑아지고 몸도 가벼워지고, 무엇보다도 스
스로 무척 근사한 사람이 된 기분이었다.

1993년

풀베는
노래

1980년대 말, 친구에게 시집 《산의생시(散宜生詩)》를 선물받았다. 읽어 보니 진한 차를 마신 듯 약간 쓴맛이 나면서도 입안 가득 그 향기가 감돌았다.

산의생의 본명은 녜간누(聶紺弩)다. 황푸(黃埔)군관학교 2기 출신으로, 나중에 모스크바중산대학*에서 유학하며 여러 당 및 국가 지도자들과 동문이 되었다. 신중국 성립**후에는 인민문학출판사 부편집장을 지내며 고전문

학 정리와 연구에 큰 발자취를 남겼다.

그의 시는 대부분 베이다황(北大荒)***에서 노동 개조****를 받던 시절에 쓴 것이다. 전통적인 율격을 지키면서도 새로운 내용이 담겨 있고, 해학과 풍자 속에 깊은 철학적 사색이 스며 있었다. 그는 스스로 새로운 시풍을 개척한 인물이었다. 만약 그가 누군가를 계승했다고 한다면 그 뿌리는 아마 루쉰(魯迅)일 것이다. "해진 모자로 얼굴을 가린 채 시끄러운 장터 지나고", "아이들을 위해서는 기꺼이 머리 숙여 소가 되겠다*****"는 그 정신 말이다. 나는 신중국 성립 이후 지식인 가운데 고전시의 형식으로 자신만의 독자적 문체를 확립한 이는 그가 유일하다고 생각한다.

그의 시집 가운데 마치 나를 위해 쓴 듯한 시 한 편이

** 　　　1949년 10월 1일 중화인민공화국이 공식적으로 중국 대륙을 통치하게 된 것을 일컫는다.

*** 　　　1940년대 후반부터 1950년대 초반에 걸쳐 중국 정부가 헤이룽장(黑龍江) 성 북부의 광활한 황무지에 조성한 대규모 국영 농장. 주로 퇴역군인과 지식청년들이 파견되어 황무지를 개간했다.

**** 　　중화인민공화국 성립 이후 시행된 강제노동형 교정제도. 정치범, 사상범, 중범죄자를 집단노동수용소에 수감한 뒤 '노동을 통해 사상을 교정한다'는 명목 아래 장기간 구금하고 노동을 시켰다.

***** 루쉰의 시 〈자조(自嘲)〉에 나오는 구절.

있어 여기에 옮겨 적는다.

풀을 베어 모옌에게 주다

긴 자루 큰 낫 사방으로 휘두르니,

눈앞의 키 큰 풀들이 차례로 쓰러진다.

바람 구름 울부짖으니 산천이 놀라고,

철륵(鐵勒)*의 광포한 노래에 대지의 어머니도 슬퍼

운다.

온종일 황허(黃河)의 물줄기가 몸에서 쏟아져 내리

고,

때로는 갈대피리를 불 듯 입에서 곡조가 흘러나온다.

모옌이여, 말이 많으면 반드시 패하리니,

풀이 금인(金人)처럼 그대의 입을 묶으리라.

첫 구절의 '긴 자루 큰 낫'은 소련 영화 〈조용한 돈강〉

에도 등장하는, '삼렴(釤鐮)'이라는 대형 낫이다. 이 낫은

효율적이지만 제대로 다루려면 허리의 힘이 좋고 몸의 리

* 중국 북방 민족의 하나로 한(漢)나라 때 흉노의 후예다.

듬감이 뛰어나야 한다. 삼렴을 휘둘러 풀 베는 모습을 보면 마치 화려한 춤을 추는 듯하다. 음악이 없더라도 일하는 사람의 마음속에는 박자와 선율이 흐른다. 그 선율은 틀림없이 웅장하고 격렬할 것이며, 그러므로 노동 또한 기세가 넘칠 수밖에 없다. 바람과 구름이 울부짖고 철륵의 광포한 노래가 울려 퍼져 산천이 놀라고 대지의 어머니도 슬퍼한다. 사방으로 흩날리는 풀잎 조각들은 황허의 물줄기처럼 온몸을 타고 흘러내린다. 노동의 짧은 틈에 갈대를 꺾어 짧은 곡조를 부는 장면은 낙관적인 정신을 드러낸다.

마지막 연은 고사를 인용하고 있다. 서한(西漢) 시대 유향(劉向)의 《설원(說苑)·경신(敬愼)》에 이런 이야기가 있다.

"공자께서 주(周)나라의 태묘(太廟)를 참관할 때 오른쪽 섬돌 앞에 금으로 된 동상이 있었는데, 그 입이 세 겹으로 꿰매어져 있고, 등에는 '옛사람은 말을 삼갔도다. 경계하고 또 경계할지어다. 말을 많이 하지 말라. 말이 많으면 반드시 패하리라'는 격언이 새겨져 있었다."

시의 마지막에 나오는 '모옌'이라는 사람은 원래 이름이 '모란(莫然)'으로 녜간누와 함께 풀 베는 일을 하던 동료였다. '모옌'이라는 별명은 녜간누가 지어 주었다.*

　　나는 이 시를 읽으며, 비록 녜간누와 함께 삼렴을 휘둘러 풀을 벤 세대는 아니지만 그들이 풀 베는 광경을 직접 본 듯한 착각이 들었다. 광활한 초원, 누렇게 마른 잡초, 금빛 햇살, 놀라서 날아오르는 종다리와 산토끼, 여우, 노루, 오소리, 고슴도치, 산양, 심지어 늑대까지. 잘린 풀잎의 냄새는 사람의 마음에 위안을 주고, 노동자의 기쁨은 몸에 밴 능숙한 기술과 그것을 바라보는 이의 감탄 속에서 피어난다.

　　이 시를 읽으며 나는 1973년 8월 가오미현 제5면화 가공공장에서 계약직으로 일했던 시절을 떠올렸다. 막 공장에 들어갔을 때는 면화 수매가 시작되기 전이라 주로 공장 주변의 잡초를 베고 청소하는 일을 했다. 나는 우리 마을에서는 손이 빠른 편이 아니었지만, 도시에서 내려온 지식청년**들에 비하면 노동력이 단연 돋보였다. 그들은

<hr>

* 　모란은 말실수 때문에 우파로 몰려 베이다황으로 하방된 사람이었고, 그 일로 평소에 거의 말을 하지 않아 녜간누가 '말하지 말라'는 뜻의 '모옌(莫言)'이라는 별명을 붙였다고 한다.

** 　중국 문화대혁명 시기에 사상 재교육을 명목으로 도시의 청년과 학생들을 전국 각지의 국영농장 및 생산대로 파견해 일정 기간 노동하게 했는데 이들을 '지식청년'이라고 불렀다.

옷이 더러워질까 봐 쭈그리고 앉아 부추 자르듯 조심스럽
게 한 움큼씩 풀을 베었지만, 나는 허리를 굽히고 왼손에
는 쇠스랑이 달린 막대기를 쥐고, 오른손에 낫을 쥔 채 넓
게 휘둘렀다. 여러 명이 일한 양보다 훨씬 많은 일을 혼자
해내곤 했다.

공장에 들어간 뒤 첫 회의에서 당지부 서기가 나를
호명하며 크게 칭찬했다. 그는 내가 힘든 일도 마다하지
않고 혼자 열 사람 몫을 해낸다고 치켜세웠다. 그 칭찬에
나는 하늘을 나는 듯 기뻤다. 마을에서 일할 때 늘 꾸지람
만 듣던 내가 공장에서 칭찬을 듣다니. 그것이 내 인생의
중요한 전환점이었다. 그때 깨달았다. 어디에서 일을 하
든 게으름 피우지 않고 열심히 일하기만 하면 반드시 인
정받는다는 사실을 말이다. 물론 힘만 써서는 안 되고 숙
련된 기술이 있어야 한다. 노동자의 명예와 존엄은 숙련
된 기술 위에 세워지는 법이다.

그 시를 읽은 뒤 나는 문득 떠오른 영감으로 시 한 편
을 썼다. 비록 즉흥시였지만 율격은 충실히 지켰다.

긴 낫 한 자루 세 방향으로 휘두르니,
눈앞의 푸른 풀잎이 어지럽게 흩날린다.

지식청년은 움츠러들어 힘없이 움직이지만

모 아무개는 팔을 뻗어 범 같은 기세를 드러낸다.

서기의 칭찬에 투지가 솟고,

시골 청년의 가슴에 감격이 북받친다.

인생의 운명이 바뀐 그 순간,

꿈을 꾸면 아직도 땀을 쥔 채 돌아온다.

2024년 9월 23일

베를린장벽 아래에서

　　1987년 5월, 나는 중국 작가 대표단의 일원으로 서독을 방문했다. 내 인생의 첫 해외여행이었기에 방문 기간 내내 긴장과 흥분에 가슴이 벅찼다. 그때 일들은 사소한 부분 하나까지도 또렷이 기억에 남아 있다. 당시 작가협회 대표단에 선발되면 주위의 부러움을 샀다. 군 복무 중이었던 나는 출국 절차가 유난히 까다로웠다. 대표단 선발과 조직은 작가협회가 담당했지만, 십수 명의 방문 경비 전액은 서독의 어느 부유한 노부인이 부담했다. 젊은 시절 큰 유산을 물려받았지만 가족 없이 홀로 살아온 외로운 노부인이었는데, 중국을 사랑하고 중국 문학을 특히 좋아했다. 부인은 대사관을 통해 중국작가협회에 대표단 방문을 요청하며, 창작 욕구가 왕성한 청년 작가 몇 명을 꼭 포함시켜 달라고 특별히 요청했다. 아마도 그 덕분에 내가 운 좋게 대표단에 합류할 수 있었던 것 같다.

그때는 공무로 해외에 나가는 사람에게는 소속기관에서 오백 위안의 치장비를 지급하는 관례가 있었다. 나는 재무과에서 받은 오백 위안으로 당시 유명했던 훙두(紅都)양복점에 가서 양복 한 벌을 맞추고 넥타이 두 장을 샀다. 그때는 넥타이를 맬 줄 아는 사람이 드물었는데 다행히 영화학교에 다니는 동창이 넥타이를 맬 줄 아는 여자 친구를 데리고 내 기숙사까지 와서 매는 법을 가르쳐 주었다. 서독에 도착해서는 넥타이를 매고 있는 것이 왠지 쑥스러워 풀어 버렸는데, 왕안이(王安憶)가 "양복에 넥타이를 매야죠. 안 하면 보기 흉해요." 하고 나무라는 바람에 하는 수 없이 넥타이를 다시 맸다. 그때 찍은 사진들을 보면 양복에 넥타이를 맨 모습이 훨씬 단정하고 보기 좋다.

서독에서 가장 인상 깊었던 장면은 사통팔달로 뻗은 고속도로였다. 당시 중국에는 단 일 킬로미터의 고속도로도 없었다. 게다가 하루 세끼 모두 고기를 먹는다는 사실도 놀라웠다. 그 시절 내 생각으로는 삼시 세끼 고기를 먹는 건 마치 동화 속 임금님이나 가능한 일처럼 느껴졌다.

그때는 베를린장벽이 여전히 도시를 가로지르고 있었고, 동독과 서독이 서로 다른 진영에 속한 두 개의 국가로 나뉘어 있었다. 그래서 우리는 동베를린으로 넘어갈 때 여권 검사를 받아야 했다. 키 크고 잘생긴 동독 군인이 만면에 미소를 띤 채 우리 여권 사진과 실제 얼굴을 번갈아 보더니 여권에 도장을 쾅 찍어 주었다. 우리를 동지로 여기는 듯한 우호적인 태도였다. 우리 일행 중 한 사람이 러시아어로 "타바리쉬*"라고 부르자 그 젊은 병사의 얼굴에 더 따뜻한 미소가 번졌다. 그 순간 나는 동유럽이나 소련 영화에서 느꼈던 특유의 분위기를 느꼈다.

베를린 텔레비전탑에 올라 도시를 내려다보니 고층 빌딩이 빽빽하게 들어서 있는 도시의 표정이 어딘가 엄숙하고 딱딱했다. 만약 도시에도 표정이 있다면 말이다.

베를린장벽 견학은 한 달의 방문 기간 중 가장 중요한 일정이었다. 당시에는 휴대전화도 없었고, 카메라도 흔치 않아 그 벽 앞에서 사진 한 장 남기지 못한 것이 무척 아쉽다. 벽에는 낙서가 빼곡했는데, 그 그림과 글씨들을

---

* '동지'를 뜻하는 러시아어.

Berlin Wall

번역해 보면 풍자와 조롱이 대부분이었다.

벽에서 몇 미터 떨어져 서서 낙서를 구경하고 있는데 왼쪽 앞에 있던 노부인이 갑자기 몸을 휙 돌리는 바람에 부인의 손에 들려 있던 우산 끝의 쇠 부분이 내 왼쪽 눈을 찔렀다. 순간 눈이 너무 아파 나도 모르게 주저앉았다. 눈물이 손가락 사이로 줄줄 흘렀다.

잠시 후 일어나 눈을 감쌌던 왼손을 떼자 요란한 색채의 베를린장벽이 햇빛 속에서 어른거렸다. 오른손으로 오른쪽 눈을 가리고 왼쪽 눈 상태를 확인해 보니 사물이 약간 흐릿하게 보이긴 했지만 다행히 큰 이상은 없는 듯했다. 그제야 내 눈을 찌른 노부인의 얼굴이 또렷이 보였다. 백발의 주름진 얼굴로 걱정스럽게 나를 바라보고 있던 부인이 급하게 뭐라고 말하자 통역이 달려와 말했다.

"부인께서 죄송하다고 하시며 함께 병원에 가자고 하십니다."

나는 일행이 건넨 휴지로 눈물을 닦고 정신을 가다듬은 뒤 병원에 갈 정도는 아니라며 손을 저어 부인을 안심시켰다.

나중에 거울을 보니 왼쪽 아랫눈꺼풀에 쌀알만 한 상처가 나 있었다. 단장이 말했다.

"큰일 날 뻔했어. 조금만 빗나갔어도 그 눈은 못 쓰게 됐을 거야."

세월이 흘러 내가 다시 독일을 방문했을 때는 이미 두 나라가 통일된 뒤였다. 베를린장벽은 사라지고, 일부 남아 있는 잔해 앞에 서서 옛일을 회상하니 만감이 교차했다.

2024년 9월 20일

3장.

삶의 밑바닥에서도
정신은 독수리처럼 구름 위를 날았다

어머니

나는 산둥성 가오미현의 외딴 시골 마을에서 태어났다. 내가 다섯 살이던 무렵 중국은 역사상 가장 힘든 시기를 지나고 있었다. 내 삶의 첫 기억은 어머니가 흰 꽃이 흐드러지게 핀 배나무 아래 앉아, 자주색 빨랫방망이로 하얀 돌 위의 나물을 찧던 장면이다. 초록색 풀물이 바닥으로 흘러내리고 어머니 가슴팍에도 튀었다. 쌉싸름한 풀냄새가 공기 중으로 퍼지고, 방망이가 풀에 닿을 때마다 울리는 둔탁하고 축축한 소리에 나도 모르게 마음이 움찔움찔했다.

소리, 색, 냄새가 어우러진 그 장면은 내 인생의 기억이 시작된 순간이자, 내 문학 인생의 출발점이었다. 나는 귀로 듣고, 코로 맡고, 눈으로 보고, 온몸으로 겪으며 삶을 느끼고 사물을 인식했다. 내 머릿속 기억은 언제나 이처럼 소리, 색, 냄새, 형태로 이루어진 입체적이고 생생한 이미지다. 삶을 느끼고 사물을 인식하는 이런 방식이 내 소설의 독특한 분위기와 문체를 빚어냈다고 할 수 있다.

이 기억 속 장면에서 가장 잊히지 않는 것은 수심 깊은 얼굴로 고된 일을 하면서도 낮게 노래를 흥얼거리던 어머니의 모습이다. 그때 우리 대가족 중 가장 많은 일을 했던 사람이 어머니였고, 가장 배를 곯았던 사람도 어머니였다. 나물을 찧으며 서럽게 울었어도 이상하지 않았을 텐데 오히려 노래를 흥얼거리고 있었다. 나는 지금도 그 속에 담긴 의미를 온전히 이해하지 못한다.

어머니는 학교에 다닌 적이 없어 글을 알지 못했고, 평생 이루 말할 수 없는 고난 속에 살았다. 전쟁, 굶주림, 질병, 그런 고통 속에서 대체 어떤 힘이 어머니를 버티게 했을까? 대체 어떤 힘이 그 병들고 허기진 몸이 노래를 부르게 했을까? 어머니 살아생전에 물어보고 싶었지만, 나는 그걸 물을 자격이 없다고 느꼈다. 한동안 우리 마을에서 여자들이 연달아 자살하는 일이 일었다. 그때 영문을 알 수 없는 거대한 공포가 나를 짓눌렀다. 하필 우리 집 형편이 극도로 어려운 시기였다. 아버지는 누명을 썼고, 곡식은 거의 바닥이 났고, 어머니의 지병이 재발했지만 치료할 돈이 없었다. 그 무렵 나는 어머니가 혹시 스스로 생을 마감하지 않을까 늘 두려웠다.

그래서 일을 마치고 집에 들어설 때마다 문을 열자마자 큰 소리로 "어머니!" 하고 불렀고, 어머니의 대답이 들려야 비로소 마음이 놓였다. 어느 날 저녁, 여느 때처럼 어머니를 불렀는데 아무 대답이 없었다. 허겁지겁 외양간과 변소까지 다 찾아보았지만 어머니가 보이지 않았다. 그 순간 내가 가장 두려워하는 일이 닥쳤다는 예감에 왈칵 울음이 터졌다. 그런데 그때 밖에서 어머니가 들어오더니 우는 나를 보고 미간을 찡그리며 나무랐다.

"사내는 아무 때나 우는 게 아니다."

어머니는 왜 울었느냐고 다그쳤지만 나는 차마 걱정을 털어놓지 못하고 얼버무렸다. 그런데 어머니가 내 마음을 알아챘는지 이렇게 말했다.

"걱정 마라. 염라대왕이 부르기 전엔 안 떠날 거야!"

목소리는 크지 않았지만 나는 그 한마디에 안도감과 앞날에 대한 희망을 얻었다. 세월이 흘러도 그 말을 떠올

릴 때마다 가슴이 뭉클해진다. 그건 어머니가 불안해하는 아들에게 건넨 비장한 약속이었다. 살겠노라고, 아무리 힘들어도 꼭 살아남겠노라고. 비록 어머니는 결국 염라대왕의 부름을 받고 떠나셨지만, 그때의 그 말속에 담긴, 고통 속에서도 끝내 살아가려는 의지는 지금까지도 나를 떠받치는 힘이다.

예전에 텔레비전 뉴스에서 평생 잊지 못할 장면을 보았다. 이스라엘의 포격으로 폐허가 된 베이루트의 어느 거리, 연기가 채 걷히지 않은 잔해 속에서 흙투성이가 된 초췌한 모습의 노파가 작은 상자를 들고나왔다. 그 안에는 오이 몇 개와 푸른 셀러리 몇 줄기가 들어 있었다. 노파는 채소를 길가에 놓고 팔았다. 기자가 카메라를 들이대자, 노파는 주먹 쥔 팔을 높이 들어 올리며 쉰 목소리로 굳세게 외쳤다.

"우리는 대대로 이 땅에서 살아왔어. 모래를 파먹더라도 반드시 살아남을 거야!"

노파의 말에 온몸이 전율했다. 여자, 어머니, 땅, 생명. 이 위대한 단어들이 머릿속에서 소용돌이치며 절대로 사그라지지 않는 정신의 힘을 내게 보여 주었다. 모래를 씹어 먹어서라도 살아남겠다는 의지, 그것이 인류가 재난 속에서도 끊임없이 생존을 이어 가는 근원적인 힘이다. 그리고 그 생명에 대한 애착과 존중은 문학의 영혼이기도 하다.

굶주리던 시절, 나는 배고픔 앞에서 인간의 존엄을 잃는 사람들을 수없이 보았다. 아이들이 콩깻묵 한 덩이를 얻기 위해 마을의 곡식창고 관리원 앞에 모여들어 개처럼 짖었다. 창고관리원이 개 짖는 흉내를 제일 잘 내는 아이에게 콩깻묵을 주겠다고 해서였다. 열심히 짖어 대는 무리 속에 나도 끼어 있었다. 관리원은 정말 개가 된 듯 짖는 아이들을 보며 씩 웃더니 콩깻묵 덩이를 멀리 던졌다. 아이들이 우르르 몰려가 서로 가지려고 밀치며 다투는 그때, 마침 지나가던 아버지가 그 광경을 보았다.

그날 집에 돌아오자 아버지가 나를 심하게 꾸짖었고 할아버지도 불같이 화를 냈다. 할아버지가 말했다.

"입은 거쳐 가는 통로일 뿐이다. 산해진미든 풀뿌리든 나무껍질이든 뱃속에 들어가면 다 똑같은데 어쩌자고 콩깻묵 한 덩이 얻겠다고 개 흉내를 내느냐? 사람은 줏대가 있어야 한다!"

그때 나는 두 분의 말을 이해할 수 없었다. 산해진미를 먹는 것과 나무껍질을 먹는 것이 절대로 같지 않다는 사실을 알고 있었기 때문이다. 하지만 그 말에 흐르는 인간의 존엄과 기개는 느낄 수 있었다. 사람이 개처럼 살아서는 안 된다.

어머니는 내게 고통을 견디는 불굴의 의지와 생에 대한 집념을 가르쳐 주었고, 아버지와 할아버지는 인간의 존엄을 지키고 살아야 한다고 일깨워 주었다. 그때는 다 이해하지 못했지만, 그 가르침은 내 인생의 중요한 갈림길마다 가치 판단의 기준이 되어 주었다.

그 굶주림의 세월 동안 나는 인간성의 복잡함과 단순함을 모두 보았고, 인간이 어디까지 타락할 수 있는지 알았으며, 인간 본질의 한 단면을 꿰뚫어 보았다.

그리고 그 경험들은 오랜 시간이 흘러 내가 글을 쓰기 시작했을 때 가장 귀한 자산이 되었다. 내 소설이 현실을 잔인하리만치 사실적으로 묘사하고 인간의 어두운 면을 주저 없이 파헤칠 수 있었던 것은 바로 그때의 경험 덕분이다. 물론 사회의 어두운 면을 들추고 인간의 잔인성을 폭로하면서도 인간의 본성 속에 고귀함과 존엄이 존재한다는 사실을 잊지 않았다. 내 부모님, 조부모님 그리고 그들과 닮은 수많은 사람이 내게 찬란한 본보기를 보여 주었다. 그 평범한 사람들의 고귀한 품위가 바로 한 민족

이 고난 속에서도 끝내 타락하지 않고 버틸 수 있는 마지
막 버팀목이었다.

2008년 1월 14일

나의
아버지

아버지는 어린 시절 이웃 마을 판얼(范二) 선생이 운영하는 글방에서 몇 년간 글을 배운 적이 있다. 할머니 말에 따르면, 장난이 심했던 아버지는 스승에게 손바닥이 퉁퉁 붓도록 회초리를 맞았다고 한다. 아버지가 《삼자경(三字經)》*의 첫 구절인 "인지초, 성본선(人之初, 性本善)", 즉 "사람이 타고난 성품은 본래 선하다."라는 문장을 이렇게 바꿔서 읊었기 때문이다.

"사람이 타고난 성품이 선하지 못해 담배통에 달걀을

---

*   아이에게 한자를 가르칠 때 쓰던 교재.

볶네. 선생은 먹고 학생은 구경만 하니 멍청한 노인네 배 터져 죽어라.”

나는 이 이야기가 믿기지 않았다. 엄격하고 근엄하기만 한 아버지가 그렇게 장난기 많은 소년이었다는 걸 상상할 수가 없었다.

군 복무로 집을 떠나기 전까지 스무 해 가까운 세월 동안, 내 기억 속 아버지는 존경스럽지만 친근하지는 않았고, 심지어 조금 두려운 존재였다. 사실 아버지는 좀처럼 사람을 때리거나 욕하지 않았고 나를 꾸짖는 일도 드물었다. 그런데 내가 왜 아버지를 무서워했는지 나도 잘 모르겠다. 아이들과 놀다가 누가 장난으로 등 뒤에서 “너희 아버지 오신다!” 하고 속삭이면 나는 그 순간 몸이 얼어붙고 머릿속이 하얘져 한참 지나야 겨우 정신을 차리곤 했다.

나뿐만이 아니라, 형과 누나도 아버지를 무서워했다. 아니, 아버지를 무서워한 건 우리만이 아니었다. 고모 말에 따르면, 아버지와 항렬이 같은 당고모와 당숙들도 아버지를 두려워했다. 젊은 시절 고모들이 모여 웃고 떠들다가도 멀리서 아버지의 기침 소리가 들리면 모두 숨을 죽이고 조용해졌다가 아버지가 지나간 뒤에야 다시 이야기를 이어갔다고 한다.

사람들이 내게 왜 그렇게 아버지를 무서워하느냐고 물을 때마다 나는 선뜻 대답하지 못했다. 두 형과 이 문제를 얘기해 본 적도 있지만 형들 역시 뚜렷한 이유를 설명하지 못했다.

하지만 유년기 기억을 더듬어 보면 아버지가 애틋한 마음을 표현했던 순간도 분명 있었다. 어느 무더운 여름 낮, 집 앞 오른쪽에 있던 회화나무 그늘 밑에서 아버지가 이발칼로 내 머리를 밀어 주었다. 머리와 얼굴에 비누 거품이 잔뜩 묻은 내 모습이 조금 귀여워 보였는지 아버지가 다정한 목소리로 "이놈 참 송아지 같구나." 하고 말했다.

또 한 번은 내가 열세 살 무렵, 집을 새로 짓느라 큰 돌을 옮겨야 하는데 마침 어른이 없었다. 그러자 아버지가 나를 불러 돌을 함께 짊어지자고 했다. 아버지는 돌이 묶인 장대를 당신 쪽으로 기울어지게 해서 대부분의 무게를 감당했다. 돌을 간신히 목적지까지 옮겨 놓은 뒤 아버지는 걱정스러운 눈빛으로 나를 위아래로 훑어보고는 칭찬하듯 고개를 끄덕였다.

세월이 흐른 뒤 아버지는 어린 자식들을 너무 엄하게 길렀다고 여러 번이나 자책했지만, 나는 아버지의 엄격함을 나쁘게 생각한 적이 없다. 그 위엄이 없었다면 지금의 나는 이만큼의 성과조차 거두지 못했을 것이다.

아버지의 엄격함은 유교적 가치관에서 비롯된 것이었다. 어릴 적 글방에서 받은 교육이 아버지의 인생관과 가치관을 이루었다. 아버지는 돈보다 명예를 중히 여겼고, 지식은 쓸모없는 것으로 여겨지던 시대에도 늘 자식들에게 책을 읽으라고 가르쳤다.

내가 초등학교를 중퇴했을 때, 아버지는 아무 말도 하지 않았지만 속으로 깊이 걱정했다는 걸 나는 알고 있다. 아버지는 당시 후난(湖南)의 한 공장 부속학교 교사로 일하고 있던 큰형에게 편지를 보내 나를 그 학교로 데려가 공부시킬 수 없겠느냐고 물었다. 그 일이 불가능해지자 아버지는 내게 중의학을 독학하라라며 의학서 몇 권을 구해다 주었으나, 아둔하고 근성도 없는 나는 중도에 포기했다.

중의학 공부도 끈질기게 이어가지 못하는 내게 실망했겠지만 그래도 아버지는 내 장래를 포기하지 않았다. 어느 날은 느닷없이 호금(胡琴)*을 배우라고 했다. 현의

* 작은 울림통에 나무 막대를 연결하고 두 줄의 현을 활로 켜서 연주하는 찰현악기. 우리나라의 해금과 비슷하다.

회의에 참석하러 갔다가 본 공연에서 호금 연주자의 모습이 무척 인상적이었던 것 같다. 아버지는 젊었을 때 호금을 배운 삼촌에게 그 낡은 악기를 내게 주고 연주법을 가르쳐 달라고 했다. 그렇게 해서 나는 유행가 몇 곡을 연주할 수 있을 만큼 배웠지만 역시 오래 못 가서 그만두었다.

1973년 8월 20일, 나는 가오미현 면화가공장에 계약직으로 취직했다. 좋은 일자리를 얻은 것은 그곳에서 회계로 일하던 삼촌 덕분이었지만, 그 또한 아버지의 부탁 덕분이었다.

내가 취직한 뒤 아버지는 일당이 얼마인지 한 번도 묻지 않았고, 돈을 달라고 한 적도 없었다. 매달 월급을 받으면 어머니께 드렸는데 어머니 역시 돈이 많든 적든 따지지 않았다.

그 무렵 집이 가난해서 병든 어머니는 약도 사 먹지 못하고, 구들 위 돗자리가 다 떨어져도 새로 사지 못했다. 그런데도 나는 허영심에 새 옷과 새 신발을 사고 이발소에 가서 가르마를 타서 머리 손질을 하고, 동료들과 돈을 모아 술을 마시며 흥청망청 돈을 썼다. 지금 돌이켜 보면 부끄럽기 짝이 없다.

그 후 나는 군에 입대했고, 간부가 되었으며, 나중에

는 작가가 되었다. 수십 년이 흐르는 동안 아버지는 내게 돈을 얼마나 버느냐고 한 번도 묻지 않았고, 내게 돈 얘기를 꺼낸 적은 더더욱 없었다.

내가 돈을 드려도 받지 않거나, 하는 수 없이 받아도 한 푼도 쓰지 않고 두었다가 춘절에 손자, 손녀나 내 친구의 아이들에게 나눠 주었다.

1982년 여름휴가 때 고향에 내려와 있는데 부대 전우에게서 편지가 왔다. 내가 간부로 진급했다는 소식이었다. 큰형이 몹시 기뻐하며 밭에서 괭이를 메고 돌아온 아버지에게 그 편지를 보여 드렸지만, 아버지는 아무 말 없이 물 반 바가지를 떠서 꿀꺽꿀꺽 마시고는 괭이를 집어 들고 다시 밭으로 나갔다. 그 시절 농촌 청년이 군에서 장교가 되는 건 온 마을이 떠들썩할 만큼 큰 경사였으나 아버지는 언제나처럼 담담했고 감정 표현을 하지 않았다.

내가 소설을 쓴 지 삼십 년이 넘었건만 아버지는 내 소설에 대해 이렇다 할 의견을 말한 적이 없다. 그러나 나는 알고 있다. 아버지의 침묵 속에 나에 대한 염려가 감춰져 있다는 것을.

아버지는 틈날 때마다 내게 당부했다.

"항상 겸손하고 신중해야 한다. 세상일을 넓게 보고,

사람을 너그럽게 대해야 해. 남의 은혜는 잊지 말고 원한은 잊어라.”

잔소리로만 생각했던 그 가르침이 내 삶과 글쓰기에 큰 영향을 미쳤다.

아버지는 숱하게 많은 일을 겪은 분이었다. 가오미 둥베이향의 근 백 년 역사를 훤히 꿰고 있었고, 자기 삶 또한 파란만장했지만 한 번도 그걸 이야기한 적이 없었고 나도 직접 물어보지 못했다. 다만 집에 손님이 왔을 때 술이 석 잔쯤 들어가면 아버지는 술기운을 빌려 옛일과 옛사람들의 이야기를 슬며시 꺼내곤 했다.

아버지가 일부러 내게 들려주려고 하는 이야기라는 걸 알고 있었다. 나는 귀 기울여 듣다가 손님이 가고 나면 서둘러 펜을 꺼내 소중한 글감이 될 그 이야기들을 적어놓았다.

2012년 10월, 내가 노벨문학상을 받았을 때도 아버지는 소탈한 언행으로 많은 이에게 존경을 받았다.

‘모옌 생가’는 사실 아버지가 오래전부터 허물자고 했던 집이었다. 다만 홀로 세 들어 사는 노인이 있어서 헐리지 않고 남아 있었다. 그런데 내가 노벨문학상을 수상하자 그 낡은 집에 세간의 관심이 쏟아졌다. 시 정부는 수리비를 지원하겠다고 했고, 몇몇 상인은 그것으로 돈을 벌어 보려고 했다. 그때 아버지는 나랏돈으로 집을 고칠 수는 없다며 자비를 들여 간단히 수리했고, 나중에는 그 집을 시 정부에 무상으로 기증했다.

누군가 내게 노벨문학상을 받고 신분이 달라졌느냐고 묻자 아버지가 나를 대신해 이렇게 대답했다.

"상을 받았든 안 받았든, 농부의 아들일 뿐이오."

또 누군가 내게 호화주택을 선물하겠다고 하자 아버지는 이렇게 말하며 거절했다.

"공을 세우지 못한 자는 녹봉을 받을 수 없고, 일하지 않은 자는 먹을 자격이 없소."

내가 상을 받은 뒤 아버지가 내게 했던 말 중 가장 기억에 남는 한마디가 있다.

"상을 받기 전에는 남과 어깨를 나란히 해도 되지만, 상을 받은 후에는 남보다 머리 하나는 낮춰야 한다."

아버지는 스스로도 그 말을 지켰다. 아들이 상을 받기 전에는 마을 사람들과 대등하게 지내셨고, 상을 받은 뒤에는 언제나 자신을 더 낮추었다. 물론 혹자는 아버지의 말을 '너무 세속적인 처세술'이라든가 '누구에게도 밉보이지 않으려는 위선'으로 해석할 수도 있다. 하지만 어떻게 해석하든 그건 각자의 생각일 뿐이다. 나는 아버지의 이 말을 앞으로 남은 인생의 좌우명으로 삼으려 한다. 진심으로 자신을 낮추는 겸손이 남 앞에서 으스대는 교만보다는 언제나 나은 법이다.

2015년 8월 20일

딸의
대학입시

그날 밤, 나는 책과 옷, 비상약, 음식 등 사흘 동안 필요할지도 모를 물건을 챙겨 택시를 타고 시험장으로 향했다. 운이 좋았다. 딸의 시험장은 재학 중인 학교였고, 미리 학교 내 연수원의 에어컨 딸린 방을 잡아 두었기 때문이다. 익숙한 환경인 데다 오가는 수고까지 덜게 되었으니 마음이 놓였다. 게다가 택시 번호판 끝자리가 575인 걸 보고 내심 기뻤다.

'575점을 받는다면 명문대는 문제없겠지.'

사거리에서 신호를 기다리다 힐끗 본 옆 차의 번호판 끝자리가 268이었다. 만약 시험 점수가 268점이라면 최악일 거라는 생각에 가슴이 철렁했다.

재빨리 뒤차 번호판을 보니 629였다. 다시 기분이 좋아졌지만 이내 생각을 고쳐먹었다. 이과를 싫어하는 딸이 이과를 선택해 두 번째 모의고사에서도 540점밖에 받지 못했는데 어떻게 629점을 받을 수 있을까? 575점만 나와도 감지덕지였다. 싼환루(三環路)를 지날 때 짐을 든 학생과 부모들이 수험생 특가 이벤트를 하는 대형 호텔로 줄지어 들어가는 모습이 보였다. 특가라고는 하지만 일박에 사백 위안이나 했다. 우리가 잡은 방은 일박에 백이십 위안이었다. 돈이 문제가 아니었다. 그 호텔들은 시험장까지 택시를 타기엔 가깝고 걸어가기에는 먼, 애매한 거리에 있었다. 반면 우리 숙소는 시험장에서 불과 백 미터 떨어져 있었다! 이런 행운이 무척 고마웠다.

짐을 풀자마자 딸은 막판까지 최선을 다해야 한다며 책상에 앉아 어문 교재를 펼쳤다. 나는 TV를 보거나 산책하며 쉬라고 했지만 막무가내였다. 딸은 밤 열한 시까지 공부하다가 내가 여러 번 타이르자 겨우 불을 끄고 누웠다. 그러나 좀처럼 잠들지 못하고 "《장두마상(墙頭馬上)》*

---

* 원나라 때 극작가 백박(白樸)이 쓴 희곡.

은 누구 작품이죠?" "고리키는 러시아 작가예요, 소련 작가예요?" 하며 계속 질문을 했다. 나는 아예 대꾸하지 않고 자는 척을 하면서 속으로는 심신안정제를 먹일까 말까 고민했다. 안 먹이면 밤새 한숨도 못 잘 것 같고, 먹이면 머리가 멍해지지 않을까 걱정이었다. 그러다 어느새 가늘게 코 고는 소리가 들렸다. 불을 켜고 시계를 보진 않았지만 아마 자정이 훌쩍 넘었을 것이다.

　이른 새벽, 창밖 포플러나무에서 참새 떼가 요란하게 울어 댔다. 뒤이어 까치도 까악까악 울기 시작했다. 혹시 새소리에 딸이 깰까 걱정했는데, 아니나 다를까 이미 깨어 있었다. 시계를 보니 네 시가 조금 넘어 있었다. 평소 같으면 잠이 많아 새소리는커녕 귀에 대고 폭죽을 터뜨려도 안 일어나는 아이였다. 엄마가 목을 받쳐 억지로 일으켜도 손을 놓자마자 다시 쓰러져 잠들던 아이인데, 그날은 새소리 몇 번에 눈을 떴다. 커튼을 젖히자 밖은 벌써 훤했다. 참새는 조용해졌지만 까치는 아직도 지저귀고 있었다. 까치가 우는 건 길조라는 생각에 속으로 안도했다. 딸은 세수를 하고 또 책을 펼쳤다. 말려도 소용없다는 걸 알기에 아무 말도 하지 않았다. 시험까지 아직 네 시간 반이 남았는데 저러다 시험장에 들어갈 때쯤엔 지쳐 버리지 않을까 조바심이 났다.

아침은 학교 식당에서 먹었다. 평소 식성이 좋은 아이가 거의 먹질 못했다. 식사를 마치고 교정을 조금 걷자고 했지만 몇 분도 안 돼서 아직 봐야 할 것이 남았다며 다시 올라갔다. 일곱 시가 되자 딸은 화장실을 들락날락하기 시작했다. 그 모습을 보고 문득 할머니 생각이 났다. 옛날 우리 할머니는 일본군이 온다는 얘기만 들어도 변소로 달려가곤 했다.

드디어 여덟 시 이십 분, 수험생 유의 사항을 알리는 교내 방송이 흘러나왔다. 딸을 시험장까지 데려다주러 가는데 연수원과 시험장 사이에 붉은 선이 쳐져 있어 부모는 그 선을 넘을 수 없었다. 딸은 선 안으로 들어가 담당 교사에게 출석을 확인했다.

여덟 시 삼십 분, 입실이 시작되었다. 붉은 스커트를 입은 딸이 수험생들 틈에 섞여 건물로 들어가더니 시야에서 사라졌다. 시험 시작까지는 아직 시간이 조금 남아 있지만 조금 전까지만 해도 시끌시끌하던 교정이 순식간에 고요해졌다. 포플러나무에서 울어 대는 매미 소리가 유난히 귀에 거슬렸다.

노란 바지를 입은 학부모가 위를 올려다보며 말했다.

“베이징에 언제부터 매미가 있었지?”

안경 쓴 다른 학부모가 말했다.

“학교에서 매미를 쫓아냈어야지요.”

또 다른 사람이 말했다.

“걱정 마세요. 시험 보는 애들 귀엔 아무것도 안 들릴 거예요.”

매미 얘기를 하고 있는데 시험 가방을 든 통통한 학생이 느긋하게 시험장 입구로 걸어갔다. 부모들이 일제히 시계를 보았다. 시험 시작까지 십 분도 남아 있지 않았다. 교사들이 달려와 늦었다고 나무라는 듯했지만, 학생은 시계를 보고도 서두르지 않고 태연히 시험장으로 들어갔다. 그 여유로움에 부모들이 모두 혀를 내둘렀다.

어떤 사람이 말했다.

“쟤는 아마 일등 아니면 꼴등일 거예요.”

노란 바지 부모가 말했다.

“일등이든 꼴등이든 배짱이 대단하네요. 저런 애들은 나중에 어딜 가든 한자리 맡을 거예요.”

어쨌든 내 딸은 지금 무사히 자리에 앉아 문제 풀 준비를 하고 있을 것이다.

시험이 시작되었다. 매미 소리 탓에 교정의 정적이

더 또렷하게 느껴졌다. 연수원에 숙소를 잡은 운 좋은 부모들은 나무 그늘 밑에서 교문 밖 뜨거운 햇볕 아래 서 있는 다른 부모들을 보았다. 연수원이 외부 영업을 한다는 사실을 미리 알았던 덕분에, 일박에 백이십 위안을 냈다는 이유로 우리는 시원한 그늘에서 우리와 같은 처지의 사람들이 뙤약볕에서 땀 흘리는 모습을 바라보았다. 세상에 절대적인 공평함은 존재하지 않는다. 이 대학 입시조차도 불공평한 요소가 많지만, 현재로선 가장 공평한 인재 선발 방식이다.

몇몇 부모는 방으로 돌아갔지만, 대부분은 그 자리에 서서 이야기를 나누었다. 화제는 정처 없이 떠돌았다. 베이징이 아프리카가 다 됐다느니, 인도가 됐다느니 날씨 얘기를 하다가, 또 우리 때는 입시가 그렇게 어렵지 않았는데 요즘은 전쟁터 같다며 한숨을 내쉬었다.

열한 시 반이 다가오자 모두 붉은 선 가까이 몰려들어 시험장 입구를 눈이 빠지게 바라보았다. 그때 시험 종료 종이 울리고 필기구를 내려놓고 시험지를 책상에 올려놓으라는 안내 방송이 들렸다. 잠시 후 딸의 담임이 달려와 흥분해서 말했다.

"모 선생님, 18점짜리 문제가 우리 하이뎬(海淀)구 모의고사 문제와 거의 똑같아요!"

부모들의 얼굴에 화색이 돌았다.

학생들이 쏟아져 나왔다. 멀리서 씩씩하게 걸어오는 딸을 보고 속으로 마음이 놓였다. 미소 짓고 있는 딸의 얼굴이 보이자 안도의 한숨이 나왔다. 딸이 말했다.

"느낌이 아주 좋아요. 시험장에 들어가자마자 마음이 아주 평온했어요. 작문도 잘 썼어요. 제목은 '하늘의 초록 달'이에요."

오후에는 화학 시험이었다. 시험을 마치고 나오는 아이들의 얼굴이 대체로 밝았다. 모두들 올해 화학은 쉬웠다고 했고, 딸도 시험을 잘 본 것 같다고 했다. 첫날은 대성공이었다. 얼른 집에 전화를 걸어 기쁜 소식을 알렸다. 딸은 저녁을 먹은 뒤 밤 열한 시까지 수학 공부를 했다. 막 잠자리에 들려는데 딸이 불쑥 말했다.

"아빠, 화학 시험 볼 때 시험지에 있는 '미(未)' 자가 오타인 줄 알고 연필로 '래(來)' 자로 고쳤는데, 지우는 걸 깜박 잊고 그대로 제출했어요."

"그게 뭐 어때서?"

딸이 떨리는 목소리로 말했다.

"감독관 선생님이 시험지에 어떤 표시든 하면 부정행

위로 간주한다고 하셨어요. 영점 처리된다고요······.”

괜찮을 거라고 안심시켰지만 딸은 점점 불안해했다.

“난 이제 끝장이에요. 화학이 영점 처리될 거예요.”

“괜찮을 거야. 정 불안하면 선생님께 여쭤보자.”

딸은 선생님에게 전화를 걸어 울먹이며 말했다. 선생님도 문제없을 거라고 했지만 딸은 여전히 마음을 놓지 못했다.

새벽 한 시가 넘어서야 겨우 잠든 딸을 보며 나는 속으로 기도했다.

‘제발 이 아이가 아침 여덟 시까지 푹 자게 해 주세요. 화학은 잊고 내일 시험에 온전히 집중하게 해 주세요.’

다음 날 오전 시험은 수학, 오후 시험은 물리였다. 둘 다 딸아이가 약한 과목이었다.

2000년 8월

내 룸메이트
위화

1987년, 괴팍하고 잔혹한 어느 젊은 소설가가 피비린내 나는 작품 몇 편으로 문단을 충격에 빠뜨렸다. 그의 성은 위(余)요, 이름은 화(華)며, 저장성 하이옌 출신이다. 그 후 나는 운 좋게도 그의 룸메이트가 되어 학창 시절을 함께 보내며 차츰 그 '괴이한 영혼'을 이해하게 되었다. 솔직히 말해 그는 사람을 '불쾌하게' 만드는 인물이다. 남의 비위를 맞추며 입에 발린 말을 하는 법이 없었고, 특히 '유명인'을 추종하지 않았다. 들리는 얘기로는 5년 동안 치과 의사로 일한 적이 있다고 한다. 이 광인이 휘두르는 쇠 집게 아래에서 환자들이 어떤 고통을 겪었을지 감히 상상조차 하기 어렵다.

물론 위화에게도 우리와 다를 바 없이 평범한 면모가 있다. 그러나 사실 그런 모습은 문학의 시선에서 보면 통속적이고 진부하다. 나는 저 홀로 걷는 수탉처럼, 사람들을 '불쾌하게' 만드는 것들에 마음이 끌린다. '정상적인' 사람들은 보통 욕실에서 혼자 있을 때 노래를 부르지만, 위화는 사람들이 가득한 광장 한복판에서 '미치광이'처럼 외친다. 그는 타인의 반응 따위에는 전혀 신경 쓰지 않고 그 '광란의' 본성을 거침없이 드러낸다. '광란'은 동심을 가장 적나라하게 드러내는 행위이자, 낭만을 가장 충실히 체험하는 방식이다. 그는 어떤 의미에서는 개구쟁이고, 또 어떤 의미에서는 섬뜩할 만큼 성숙한 노인이다.

인간에 대한 이해가 깊어질수록 나는 그의 소설을 다시 생각해 보고, 예술에 관해 몇 마디라도 해 보고 싶어졌다. 비록 그것이 불필요한 일처럼 보이더라도. 비범한 재능을 지닌 사람은 언제나 깊이를 알 수 없는 심연이며, 난해한 경전이자, 깎기 힘든 머리와 같다. 위화를 분석한다는 건 애초부터 힘만 들고 보상은 없는 일이다. 이럴 때 필요한 것이 이른바 공자 정신이다. "지기불가위이위지(知其不可爲而爲之)", 즉, "불가능함을 알면서도 이루기 위해 노력하는” 태도다.

나는 먼저 범위를 좁혀야 했다. 그의 복잡한 성격은 잠시 제쳐 두고, 그의 사상과 문학적 능력만을 가지고 그를 정의해 보고자 한다. 첫째, 그는 이성적 사고력이 매우 뛰어나다. 그의 사유는 논리적 맥락이 분명하고, 조리 정연한 논리 전환을 통해 복잡하지만 결코 모호하지 않게 표현한다. 둘째, 그는 소설 속에 연막탄을 터뜨려 놓고, 그 연기 속에서 사람인지 귀신인지 모를 흐릿한 그림자를 포착해 내는 탁월한 재능을 지녔다. 이 두 능력이 어우러져 마치 ‘모순된 통일’처럼 논리정연하면서도 꿈결 같은 소설이 탄생했다. 위화는 중국 현대 문학계에 지금껏 한 번도 등장한 적 없는, 멀쩡한 정신으로 잠꼬대를 하는 작가다.

이런 유형의 소설을 위화가 처음 선보인 것은 아니다. 일례로 카프카의 작품에도 언제나 꿈속 같은 장면이 펼쳐진다. 위화 자신도 카프카에게서 큰 영향을 받았다고 솔직히 말했다. 일찍이 가브리엘 마르케스 역시 파리의 다락방에서 카프카의 〈변신〉을 읽은 뒤 욕설을 내뱉었다.

“제길! 소설을 이렇게도 쓸 수 있다니!”

그것은 소설에 관한 일종의 깨달음이었다. 머리를 한 대 얻어맞은 듯한 각성은 카프카가 소설 속에서 보여 준

삶과 세계에 대한 독특한 시선에서 비롯된 것이다. 카프카도 보르헤스처럼 '작가를 위해 글을 쓰는 작가'였다. 그의 의미는 인간의 일상을 초월한, 신탁과도 같은 힘에 있다. 몇 년에 한 번씩 혜안을 지닌 천재가 그의 작품 속에서 어떤 은밀한 비법을 발견하고 새로운 경지로 비상한다. 위화가 바로 그런 행운아였다.

의심할 여지 없이, 사람을 '불쾌하게' 만드는 이 남자는 '잔인한 천재'다. 어쩌면 치과의사로서의 경력이 그의 본성을 더 단련시켜, 객관적 사물 속에 존재하는 확정적인 의미를 모조리 뽑아 버리게 했을지도 모른다. 치아를 뽑아내듯이 말이다. 듣자 하니 그는 치과의 시절에도 성한 치아든 망가진 치아든 죄다 뽑는 게 특기였다고 한다. 그는 뼛속까지 치과의사였고, 전업 후에는 뼛속까지 소설가가 되었다. 그가 창조한 문학의 구강에는 피범벅이 된 잇몸만이 남아, 그곳에 한때 치아가 존재했음을 신기루처럼 보여 준다. 만약 그에게 나무 한 그루를 그리라고 한다면 그는 아마 나무의 그림자만 그릴 것이다.

무엇이 위화를 이런 소설가로 만들었을까?

지금 그의 첫 소설 〈십팔 세에 집을 나서 먼 길을 가다〉를 펼쳐 본다. 그는 이렇게 썼다.

"아스팔트 길은 파도 위에 만들어 놓은 것처럼 끝없이 굽이치고 있었다. 나는 한 조각 나룻배처럼 산길을 걷고 있었다."

소설의 첫 문장부터 꿈이 시작되는 것 같다. 이 꿈에는 중심이 있다. 바로 불안과 갈망이다. 갈망하기에 불안하고, 불안하기에 갈망한다. 마치 꿈속에서 아이가 소변이 급해 화장실을 찾아 헤매듯. 하지만 나는 주인공이 여관을 찾아 헤매는 불안감을, 새로운 정신적 거처를 찾으려는 불안감으로 이해하고 싶다. 황혼이 가까워질수록 불안은 더 짙어지고, 꿈 같은 분위기도 한층 강해진다.

"도로는 오르락내리락 굴곡이 심했다. 꼭대기는 언제나 나를 유혹했다. 빨리 뛰어 올라와 여관을 보라고. 하지만 매번 보이는 건 또 다른 꼭대기와 맥 빠지게 이어진 능선뿐이다."

벗어날 수 없는 강박을 묘사한 대목으로, 그리스 신화에서 시시포스가 바위를 산으로 밀어 올리는 이야기를 조금 비틀어 놓은 듯하다. 인생은 언제나 이렇게 부조리

하고, 끝없이 뭔가를 추구하는 굴레에 갇혀 있다. 계속 멈추지 못하다가 마지막 순간에 이르러야 비로소 멈춘다. 성인도, 영웅호걸도, 그 누구도 예외는 없다. 이것이야말로 진정한 악몽이다.

"그럼에도 나는 계속 꼭대기를 향해 달렸다. 매번 죽기 살기로. 다시 꼭대기를 향해 달렸고, 이번에는 뭔가가 보였다. 여관이 아니라 자동차였다."

자동차가 돌연 '나'의 시야에 나타난다. 아무 논리도 없이, 아무런 인과 관계도 없이. 이것이야말로 꿈의 특징이다.

그 후 '나'는 차에 오르지만 느닷없이 차가 멈춘다. 운전사의 술수일 수도 있고, 실제로 고장이 났을 수도 있다. 잠시 후 마을 사람들이 떼로 몰려와 사과를 약탈하고, '나'는 사과를 지키려다 마을 사람들에게 흠씬 두들겨 맞는다. 운전사는 낄낄 웃고만 있다가 '나'의 책가방과 책을 빼앗고는 차를 버리고 떠나 버린다.

이 소설의 가장 흥미로운 부분은 운전사와 사과를 약탈하는 마을 사람들의 관계를 둘러싼 거대한 수수께끼다.

이것은 위화가 이 소설에 터뜨린 첫 연막탄이다. 사건은 비논리적이지만, 또 이상하리만치 정확하다. 왜 그럴까? 그걸 누가 알겠는가. 수많은 해석을 들고 그에게 묻는다면, 그는 말할 것이다. "나도 몰라요." 그건 진심이다. 그렇다. 그도 모른다. 꿈이란 본래 정확한 의미가 존재하지 않는다. 꿈은 그저 일련의 사건들로 이루어진 연속적 과정일 뿐이며, 오직 '꿈'으로만 존재한다.

〈십팔 세에 집을 나서 먼 길을 가다〉는 현대소설의 정교한 본보기다. 그 진가는 수많은 가능성을 통해 이야기 자체의 의미를 해체했다는 데 있다. 그 결과, 모순된 논리와 정교한 동작이 만들어 내는 통일성과 그 안에 흐르는 꿈결 같은 아름다움을 느낄 수 있다.

더 나아가 말하자면, 이야기의 의미가 무너진 뒤 비로소 인생과 세계를 인식하는 새로운 방식이 탄생한다. 이것은 위화가 자신의 소설 선언문이라 할 수 있는《허위의 작품(虛僞的作品)》에서 했던 말과도 맞닿아 있다.

"인간의 천박함은 경험의 한계와 정신 본질로부터의 소외에서 비롯된다. 상식에서 벗어나 현실의 세계가 부여한 질서와 논리를 배반해야만 비로소 자유롭게 진실에 접

근할 수 있다."

　사실 현대소설에서 파격이란 이미 형식상의 파격이 아니라 철학적인 파격이다. 위화는 명료한 사유로 자기 방향을 설계할 줄 아는 작가다. 나는 그 점에 진심으로 감탄하며, 동시에 나로서는 감히 따라갈 수 없는 점이라고 생각한다.

1989년 12월

스톄성을
추억하며

내가 스톄성(史鐵生)을 처음 만난 것은 1985년 봄, 왕푸징(王府井) 거리 북쪽 입구의 화교빌딩에서였다. 그날 내 중편소설 《투명한 당근》에 관한 심포지엄이 열렸다. 그땐 우리 모두 젊었다. 그 시절 무명의 젊은 작가가 쓴 중편소설 하나를 두고 고위급 심포지엄이 열린다는 건 세간의 이목을 끌 만한 일이었다. '고위급'이었다고 표현한 건 당시 중국작가협회장이었던 펑무(馮牧) 선생이 심포지엄을 소집하고 주재했을 뿐 아니라, 베이징에서 활동하던 거의 모든 문학평론가와 여러 유명 작가가 참석해서다. 그날 심포지엄이 끝날 때 펑무 선생은 마무리 인사를 하며 특별히 이렇게 말했다.

"오늘 행사는 참으로 귀한 자리였습니다. 왕쩡치(汪曾祺) 선생님과 스톄성 동지가 참석해 자리를 한층 빛내 주셨습니다."

왕쩡치 선생은 시난(西南)연합대학 출신으로 선충원(沈從文)* 선생의 제자였고, 당시 《계를 받다》, 《따니아오 호수 이야기》 등 미학적 개성이 뚜렷한 소설들로 주목받고 있었으므로 펑 선생이 특별히 그를 언급한 점은 당연했다. 그런데 스톄성을 왕쩡치 선생과 나란히 언급한 것은 솔직히 좀 의외였다.

1951년생인 스톄성은 그때 서른네 살이었고, 〈나의 머나먼 칭핑만(清平灣)〉으로 전국우수단편소설상을 수상한 직후였다. 나는 신체적 장애를 극복하고 날카롭고 깊은 사유로 창작 활동을 하는 그를 존경했고 한편으로는 경외심마저 들었다. 그의 앞에서는 언제나 조심스러웠고, 행여 얄팍한 말로 그의 비웃음을 사거나 무심코 뱉은 말로 그의 마음을 상하게 하지 않을까 두려웠다. 하지만 시간이 흐르며 모두 쓸데없는 걱정이었다는 사실을 알았다.

---

* 　1902~1988. 중국 현대문학을 대표하는 소설가이자 산문가로, 전통적인 시골 사람의 눈으로 중국의 인간과 자연을 서정적으로 묘사했다.

보통이라면 장애가 있는 사람 앞에서 장애를 직접 언급하는 건 실례지만, 말을 가려서 할 줄 모르는 위화는 그의 앞에서도 스스럼없이 얘기하곤 했다. 그럴 때마다 스톄성은 전혀 언짢은 기색 없이 늘 사람 좋은 미소를 지었다.

《투명한 당근》심포지엄에서 스톄성은 격앙된 목소리로 발언했다. 문학의 본질에서 벗어난 문학 비평을 강하게 비판하며 다소 날 선 표현도 서슴지 않았는데, 그 탓에 그 자리에 참석한 일부 평론가가 불편한 기색을 감추지 못했다. 그는 발언의 마지막에 이렇게 덧붙였다.

"이《투명한 당근》은 좋은 소설입니다."

이유는 설명하지 않았지만 난 그 한마디만으로도 무척 기뻤다. 그가 하고 싶은 말이 무엇인지 내가 이미 알고 있는 듯한 일종의 교감 같은 것이 느껴졌다.

그 뒤로도 우리는 여러 번 만날 기회가 있었으나, 특별한 일은 없었다. 한마디로 그는 늘 낙천적이면서 이성적인 사람이었다. 말을 하기보다 주로 듣는 쪽이었지만, 일단 말하기 시작하면 명언이 쏟아졌다. 그는 삶의 가장 깊은 골짜기에 있었지만, 정신은 언제나 독수리처럼 구름 위를 높이 날고 있었다.

1990년 가을쯤이었을 것이다. 위화 등과 함께 루쉰

문학원에서 공부하고 있을 때 랴오닝(遼寧)문학원 친구들이 학생들을 위해 강연해 달라며 우리를 초청했다. 명목상 강연이었지만 사실은 함께 어울리기 위한 자리였다. 위화가 스톄성에게 함께 가자고 제안했을 때 우리는 그가 몸 상태를 염려해 거절할 거라고 예상했다. 그런데 뜻밖에도 그는 흔쾌히 승낙했다. 당시 베이징에서 선양(沈陽)까지는 급행열차로 하룻밤을 꼬박 달려야 했다. 우리 몇 명이 그를 휠체어에 앉힌 채로 번쩍 들어 기차에 태웠다. 그러자 그가 "중국 작가 중에 나만큼 자주 떠받들어진 사람도 없을 거예요." 하고 우스갯소리를 했다.

선양에 도착해서는 문학원의 허름한 기숙사에 짐을 푼 뒤 바둑을 두고 포커를 치고 이런저런 잡담을 나누었다. 우리는 모두 스톄성의 방에 모여 함께 담배를 피워 댔고, 방 안이 가마를 때는 것처럼 연기로 자욱했다. 담배를 너무 피운 탓에 입안이 텁텁해 과일을 먹고 싶었지만 과일이 없었다. 그래서 위화가 나를 데려갔는지, 내가 위화를 데려갔는지 기억나지 않지만, 학교 텃밭으로 오이를 따러 갔다. 잘 관리된 텃밭에 싱싱한 오이가 주렁주렁 달려 있었다. 열댓 개 따다가 다 같이 나눠 먹는데 누군가 "이렇게 맛있는 오이는 처음이다."라며 감탄했다.

하루는 문학원 학생들이 베이징에서 온 우리에게 축구 시합을 제안했다. 축구장이 없어 농구장에서 농구대를 골대 삼아 경기하기로 했다. 그때 위화가 스톄성에게 골키퍼를 맡으라며 골대 밑으로 밀어다 놓고 건장한 학생들을 향해 말했다.

"스톄성은 신체장애가 있는 위대한 작가니까 알아서들 해."

젊고 혈기 왕성한 학생들이 처음에는 스톄성이 다칠까 봐 공격도 못 하고 수비만 했지만 나중에는 안달이 나 자기 진영의 골대를 향해 골을 차기 시작했다. 결국 두 팀이 합세해 한쪽 골대만 공격하는 진풍경이 벌어졌다. 다른 쪽 골대 앞에 있던 스톄성은 휠체어에 앉아 담배를 피우며 허허 웃기만 했다.

2024년 9월 20일

내가 본
아청

아청(阿城)* 선생은 나에 대해 좋은 말을 많이 해 주었
다. 글에서 나를 언급한 적도 있고, 사람들과 대화를 나누
며 내 얘기를 하기도 했다. 하지만 그런 이유로 그를 칭송
하는 글을 쓰려는 건 아니다. 아청 선생은 생각이 분명하
고, 행동이 분명한 사람이다. 그를 좋게 말하든 나쁘게 말
하든, 그 어떤 평가도 그를 흔들지 못한다. 하물며 나처럼
흐리멍덩한 사람의 찬사야 오죽하겠는가.

10년 전 아청 선생의 《장기의 왕》이 발표되었을 때

---

* 1949~. 중국 현대 소설가이자 산문가. 1980년대 초 3부작 소설 《장기의 왕》,
《나무의 왕》, 《아이들의 왕》으로 문단의 주목을 받았다.

나는 해방군예술학원 문학과 학생이었다. 유명 문인들의 강의를 들으며 머릿속은 오만한 생각으로 가득했고, 정작 나는 변변한 글 한 편 쓰지 못하면서 웬만한 글은 눈에 차지 않았다. 아마 문학과나 중문과 학생이라면 누구나 겪는 성장통일 것이다. 1학년 때는 특히 심하고, 2학년 때쯤이면 조금 누그러지다가, 졸업하고 몇 년이 지나면 거의 다 낫는다.

하지만 한껏 오만했던 나조차 《장기의 왕》 앞에서는 완전히 압도당했다. 그는 단연 내 마음속 위대한 우상이었다. 나는 그가 장포와 마과를 입고 손에는 털부채*를 든 채 머리를 길게 늘어뜨리고, 입술과 이마에 붉은 점을 찍은, 신선 같은 풍모에 약간의 요사한 기운이 비치는 사람일 거라고 상상했다. 그때 문학과 학생들이 그를 초청해 강연을 듣길 원했지만, 학과 간사가 요청했음에도 그는 응하지 않았다. 나는 속으로 '고수가 부른다고 바로 오면, 그게 어찌 고수겠는가?' 하고 생각했다.

얼마 안 가서 그를 실제로 만날 기회가 있었다. 한 문예지가 주최한 소설 창작 관련 행사 때 친구 몇 명을 따라

---

*   동물 털로 만든 먼지떨이. 옛날에 주로 신분이 높은 귀족이나 문인들이 갖고 다녔다.

그의 집을 방문했다. 그는 마당을 가운데 두고 여러 가구가 뒤섞여 사는 집에 살고 있었다. 집이 몹시 낡은 데다 어수선했고, 그 모습이 오히려 내가 상상했던 그의 이미지와 꼭 어울렸다. 사람이 많고 온갖 말소리가 뒤섞였는데 아청 선생은 말없이 담배만 피웠다. 그런 모습에 나는 조금 실망했다. 신선 같은 고결함도, 도인의 풍모도, 요사한 기운도 느껴지지 않았기 때문이다. 아는 사람은 그가 작가인 걸 알겠지만, 모르는 사람이 보면 무슨 일을 하는 사람인지 짐작도 못 할 정도였다. 그래도 난 '참된 사람은 자신을 드러내지 않고, 자신을 드러내는 사람은 참된 사람이 아니다.'라는 말로 스스로를 위로했다.

그 후 그와 함께 다롄(大連) 진(金)현에서 열린 작가회의에 참석하게 되었다. 일주일 동안 함께 지냈어도 그와 거의 말을 나누지 않았다. 회의 참석자 중 유명한 노부부가 있었다. 아내는 영국인, 남편은 중국인이었고, 두 사람 다 술을 진심으로 사랑했다. 그들은 물도 거의 마시지 않았고, 언제 찾아가도 항상 술을 마시고 있었다. 작은 술잔이 아니라 커다란 사발에 술을 따라 두 손으로 받쳐 들고 들이켰는데, 사발을 거의 손에서 내려놓지 않을 정도였다. 한 모금 마시고 고개를 들고 하하하 헤헤헤 웃었다. 여자는 '하하하' 하고 웃고, 남자는 '헤헤헤' 하고 웃었다. 안주는 하나도 없었고, 있어도 먹지 않았다.

우리는 두 유영(劉伶)*의 방에서 이야기를 나눴다. 나는 가오미 둥베이향의 귀신 이야기를 들려주었고, 아청 선생은 동서고금의 다양한 인물을 이야기했다. 노부부 중 남편은 몇 가지 야한 농담을 했는데 사실 그렇게 심한 얘기는 아니었다. 영국인 부인은 반쯤 꿈꾸는 듯 눈을 가느스름하게 뜬 채 말없이 입가에 미소를 머금었다. 옛이야기를 다 끝내고 새로운 이야기가 떠오르지 않는 그 빈틈에, 우리는 방 안에서 재주를 넘으며 날아다니는 파리들을 바라보았다.

우리가 묵은 곳은 바닷가의 작은 별장이었는데 유난히 파리가 많았다. 특히 그 술꾼 부부의 방에 있는 파리들은 날아다니는 모습이 어딘가 이상했다. 날개를 파르르 떨며, 마치 상공을 맴돌다 추락하는 전투기처럼 요란한 휘파람 소리를 냈다. 처음에는 새로운 파리 종을 발견한 줄 알았지만 나중에 보니 술 냄새에 취한 것이었다. 아청 선생의 아들은 우리가 나누는 대화도 듣지 않고 파리에도

* 위진남북조 시대 문인으로 술의 덕을 찬양했을 정도로 술을 좋아했다. 그래서 그의 이름은 중국에서 술 좋아하는 사람을 지칭하는 대명사로 사용된다.

관심이 없는지 카펫 위를 굴러다니고 물구나무서기를 하며 놀았다.

그때 나는 아청 선생의 한 가지 특징을 발견했다. 식사할 때 고개를 들지 않고, 말도 하지 않고, 오로지 식탁 위 접시에만 시선을 고정한 채 놀랄 만큼 빠른 속도로 먹었다. 아들도 돌보지 않고 자기 식사에만 열중했다. 우리는 절반도 먹기 전에 그는 이미 그릇을 다 비웠다. 도시에서는 그런 습관이 점잖지 않게 보일 수도 있고, 때에 따라 웃음거리가 될 수도 있었다. 그래서 내가 조심스럽게 얘기했더니 그가 웃으며 말했다.

"나도 알아. 그런데 밥상만 보면 다 잊어버리지. 지식 청년 시절에 생긴 습관이야. 남 보기 흉할 수도 있지만, 뭐 어때?"

사실 나도 먹는 걸 무척 좋아한다. 맛있는 것을 보면 정신을 못 차려 놀림당한 적도 많고, 집안 어른들에게 꾸지람도 많이 받았다. 그런데 아청 선생도 나와 비슷하다는 걸 알고 그에게 친근감이 들고, 마음이 한결 편해졌다. 아청 선생도 그러는데 나라고 별수 있겠는가.

아청 선생은 왕(王) 3부작과 《곳곳이 풍류다》를 쓴 뒤 미국으로 이주했다. 멀리 떨어져 있어도 그의 소식을 자주 들을 수 있었다. 가장 놀라운 소식은 그가 미국에서 고물 자동차 부품으로 만든 다양한 예술품이 신기한 것을 좋아하는 미국인들에게 큰 인기를 끌어 돈을 많이 벌었다는 이야기였다. 잠시 귀국한 그를 베이징에서 만났을 때 그 소문에 대해 묻자, 그가 빙그레 웃으며 "그럴 리가 있겠나?" 하고 말했다.

최근 몇 년 사이 아청 선생은 《한담한설》과 《베네치아 일기》 등 두 권의 책을 냈다. 그는 내게 대만판을 보내 주었고, 작가 양쿠이(楊葵)는 작가판을 보내 주었다. 두 판본 모두 정독했는데 정말 훌륭했다. 물론 그가 책에서 나를 언급했기 때문은 아니다. (게다가 내가 그런 이야기를 했는지 기억도 나지 않는다.) 솔직히 말해 나는 아청 선생이 지난 십여 년 동안 발전하지도, 퇴보하지도 않았다고 생각한다. 끊임없이 발전하는 것도 쉽지 않지만, 십여 년 동안 조금도 퇴보하지 않는 일은 더 어렵다. 아청 선생의 소설은 처음부터 당시 문단의 가장 높은 위치에서 출발했다. 처음부터 세상사를 통찰하고 인간의 본성을 통달한 경지에 있었고, 십수 년 뒤에도 그 경지를 그대로 유지하고 있었다.

아청 선생의 산문을 읽으면 높은 산꼭대기에 앉아 산

아래 풍경을 내려다보는 기분이 든다. 도시 위로 밥 짓는 연기가 희미하게 피어오르고, 멋지게 차려입은 거리의 젊은 남녀들도 조그맣게 보이며, 개 짖는 소리와 말 울음소리도 아득하게 멀다. 그래서 세속의 혼란과 다툼을 잠시 잊게 되고, 설령 생각난다고 해도 마음에 동요가 생기지 않는다. 아청 선생의 산문은 사람의 마음을 맑게 하고, 초연하고 평온한 마음으로 삶에 충실하며 세속의 삶에서 즐거움을 발견하게 한다.

아청의 《한담한설》

위진 시기의 지괴(志怪), 지인(志人), 당나라 때 전기(傳奇)까지 사마천처럼 절묘한 이야기 구성 능력은 없었지만, 즉흥적으로 기록한 데서 나오는 순수함이 있었다.

그 후 《요재지이(聊齋志異)》는 비록 여우와 요괴의 이야기지만 그런 순수함은 사라졌다. 다만 포송령(蒲松齡)이 세속에 떠도는 이야기들을 모아서 쓴 것이다.

포송령과 같은 산둥 출신인 모옌은 귀신과 요괴 이야기를 하고 쓰는 데 있어 오늘날 중국에서 따라갈 사람이 없다. 그의 고향 가오미에서는 귀신과 요괴가 세상사의 일부와 같다. 나처럼 1949년 이후 도시에 자란 사람들이 어떻게 그 분야에서 그를 능가할 수 있을까? 모옌이 들려주는 귀신 이야기를 들은 적이 있다. 분위기와 정서는 당나라 이전의 것이었고, 언어만 지금의 것이었다. 나는 무척 재미있게 들었고, 그가 큰 재능을 가진 인재라는 걸 알았다.

1986년 여름, 나는 랴오닝 다롄에서 모옌을 만났다. 그때 그가 고향인 산둥 가오미에 갔다가 있었던 일을 들려주었다. 늦은 밤 마을에 들어가는데, 마을 어귀에 갈대밭이 있었다. 그가 바짓단을 접어 올리고 웅덩이를 건너려는데 발을 내딛자 물속에서 수많은 빨간 아기가 "아이, 시끄러워. 아이, 시끄러워." 하며 외쳤다. 하는 수 없이 물에서 나오자 다시 조용해졌다. 하지만 그 웅덩이를 건너야만 집에 갈 수가 있었다. 집이 바로 지척이었다. 그래서 다시 물에 들어가자 빨간 아기들이 또 물속에서 일어나 "시끄러워. 시끄러워." 하고 아우성쳤다. 몇 번을 반복한 끝에 그는 결국 물가에 쭈그려 앉아 밤을 새우고, 날이 밝은 뒤에야 물을 건너 집에 갔다고 한다.

내가 지금껏 들어본 귀신 이야기 중 가장 재미난 이야기였다. 그 이야기를 듣고 어린 시절의 두려움이 씻겨

나가고 순수함을 되찾은 듯하여 한동안 기분이 좋았다.

아청 선생의 글을 인용하는 것이 대가의 명성을 빌려 으스대는 일인지도 모른다. 그가 나를 '큰 재능을 가진 인재'라고 칭찬했을 때는 정말로 대단한 사람이 된 기분에 속으로 우쭐했다. 하지만 세월이 흐른 뒤 알았다. 그 과장된 칭찬이 독을 품은 달콤한 사탕이었음을. 그의 칭찬이 십 년 가까이 나를 혼미하게 만들었다. 나는 애초에 큰 재능은커녕 중간쯤 되는 재능조차 갖지 못한 사람이라는 걸 지금에야 깨달았다. 나 같은 사람을 인재라고 부른다면 내 고향 마을의 노인들은 모두 '초인재'일 것이다. 나는 기껏해야 펜대로 너스레나 떠는 사람일 뿐이다. 내 고향의 기준으로 보자면 나는 하류 중에 하류다.

우리 마을 사람들은 스스로 잘났다고 으스대는 이를 보면 "그렇게 잘났으면 국무원엔 왜 안 가? 유엔엔 왜 안 가? 못해도 성 정부쯤은 가야지. 왜 여기서 썩고 있어?" 하고 비웃는다. 그 말을 들으면 머리를 얻어맞은 듯 정신이 번쩍 든다. 그래. 정말 대단한 인재라면 뭣 하러 시간과 노력을 들여 소설을 쓰겠는가? 소설(小說)이란 말 그대로 '소인배의 말'이다. 소설이 고상하다느니 위대하다느니

떠드는 사람들은 결국 자기 직업을 치켜세워 스스로 지위를 높이려는 것이다.

몇 해 전 현 병원 앞에서 찻물에 삶은 달걀을 팔던 할머니의 그 당당한 얼굴이 떠오른다. 또 씨돼지를 기르는 남자가 "내가 없으면 당신들은 고기도 못 먹어." 하고 큰 소리치던 모습도 떠오른다. 사실 그 노파는 자부심을 가질 만했고, 씨돼지를 기르는 남자도 마찬가지다. 그들은 어쨌든 쓸모가 있다. 하지만 소설 쓰는 사람은 교만할 자격이 없다. 소설가가 밖에서는 낯 두껍게 으스댈 수 있겠지만, 고향에 돌아가서도 으스댄다면 아버지에게 뺨을 맞고, 고향 사람들의 코웃음을 살 뿐이다. "사기꾼이 가장 두려워하는 건 고향 사람이다." 이 말은 바로 소설가를 두고 한 말이다. 미국의 천재 소설가라 불리던 토머스 울프는 생전에 감히 고향에 가지 못했고, 영국 소설가 D.H. 로런스 역시 고향 사람들에게 배척당했다. 그들은 밖에서 허풍을 떨다가 고향 사람들의 감정을 상하게 했다. 그들이 죽고 한참 지난 뒤 고향 사람들이 다시 너그럽게 그를 받아들인 것은 별개의 문제다.

얼마 전 나는 타이베이시로부터 주재 작가로 초청받아 아청 선생과 같은 층에 묵었다. 그때 그와 여러 번 마주

첬는데 선생은 예전보다 더 신비로운 인물이 되어 있었다. 어딜 가든 담뱃대를 입에 물고 말 한마디 하지 않아도 늘 중심에 있었다. 모두 그의 재치 있는 한마디와 통찰을 기다렸다. 어떤 질문이든 그에게 물으면 반드시 답을 들을 수 있었다. 게다가 고전을 인용하거나 근거를 들어 조리 있게 말하는 모습이 비현실적으로 느껴질 정도였다. 그의 둥근 머릿속에 어쩌면 그렇게 많은 지식이 들어 있을 수 있는지 놀라울 따름이다.

아청 선생 앞에서는 교만할 수가 없다. 내 고향 사람들 앞에서 교만할 수 없는 것과 같다. 그는 점점 더 도사 같은 사람이 되어 가고 있다.

2002년 12월

쑨리 선생을
기리며

쑨리(孫犁)* 선생이 창간한 《톈진일보(天津日報)》의 《문예주간》이 곧 통산 3천 호를 맞이한다니 참으로 경축할 만한 일이다. 신문 부록을 3천 호까지 꾸준히 발행하는 것은 중국 언론사에서도 보기 드문 성과다. 이는 평생 엄격하고 성실한 태도를 지켜 온 쑨리 선생의 인품과 생활, 여기에 문학성을 중시하는 편집 방향이 맞물린 결과라고 하겠다.

---

* 1913~2002. 중국 현대문학사에 큰 영향을 미친 소설가 겸 산문가. 《톈진일보》, 《문예주간》 주필로서 수많은 신진 작가를 발굴하고 중국 현대 문단의 문학 풍격을 이끌었던 인물로 꼽힌다.

나는 쑨리 선생과 개인적인 인연은 없다. 하지만 어린 시절 형의 중학교 어문 교과서에서 그의 〈연꽃늪〉과 〈갈대꽃 습지〉를 읽고 또 읽으며 큰 영향을 받았다. 그 후에는 초등학교 선생님께 빌려 읽은 《철목전전(鐵木前傳)》과 《풍운초기(風雲初記)》를 통해 이 위대한 작가에게 더 깊은 감명을 받았다.

1979년, 나는 바오딩(保定)시 이(易)현에 있는 부대로 전출되었다. 군 복무 중 틈틈이 문학 창작을 공부하면서 자연스레 바오딩 문단과 가까워졌고, 쑨리 선생이 창설한 연꽃늪파의 세계와 그가 바오딩 문단에 끼친 지대한 영향력을 직접 느끼고 자세히 알 수 있었다. 바오딩 문단의 거의 모든 이들에게서 쑨리 선생의 이야기를 들으며 그에 대한 존경심이 날로 깊어졌고, 나도 그를 본받아 열심히 글을 써서 언젠가는 연꽃늪파의 일원이 되겠다는 마음을 품었다. 그러기 위해 문예지 《연꽃늪》 편집부의 마오자오황(毛兆晃) 선생과 함께 바이양뎬(白洋淀)을 찾아가 직접 생활을 체험해 보기도 했다.* 내 초기 단편들에

* 바이양뎬은 바오딩 근교의 대규모 습지 지역으로 연꽃이 많이 자생한다. 바오딩 출신인 쑨리는 중일전쟁 시절 바이양뎬 일대에서 활동하며 문학 창작을 시작했다. 그의 대표작 《연꽃늪》의 배경도 바이양뎬이다.

서 연꽃늪파의 영향이 엿보인다는 평을 듣기도 했다. 물론 언젠가는 쑨리 선생을 직접 만나 가르침을 받고 싶다는 꿈도 꾸었지만, 편집부 선배들이 쑨리 선생께 내 소설을 보내 고견을 청해 보자고 했을 때는 감히 그런 용기를 내지 못했다.

1984년 이른 봄,《연꽃늪》편집부에서 원고를 교정하던 중 사무실 신문꽂이에 꽂힌《톈진일보》를 뒤적이다가《문예주간》에 실린 쑨리 선생의 글 〈소설 읽기〉를 우연히 보았다. 그 글의 첫 문장은 이랬다.

"지난해《연꽃늪》 어느 호에 실린 모옌의 단편 〈민간 음악〉을 읽었는데 꽤 잘 쓴 작품이었다. …… 소설의 작법은 다소 유럽화되어 있으나 기본적으로는 리얼리즘에 속한다. 주제가 다소 예술지상주의적이지만 독특한 분위기가 있으며, 소설에 등장하는 눈먼 소년의 이미지가 어딘가 속세를 벗어난 듯 공허하고 신비로운 느낌을 준다."

나는 지금도 그 문장을 또렷이 기억하고 있지만, 그때의 벅찬 감격은 아직도 온전히 말로 표현하기 어렵다.

쑨리 선생의 그 평가는 훗날 내가 해방군예술학원 문학과에 지원할 때 결정적인 역할을 했다. 나를 최종 합격시킨 쉬화이중(徐懷中) 선생은 허베이(河北) 출신으로, 쑨리 선생의 작품을 매우 좋아했고 그의 인품을 존경하고 있었다. 나는 쉬화이중 선생의 소설에도 연꽃늪파 특유의 서정적 미학이 깔려 있다고 생각한다.

입학 후 문예이론을 가르친 란화이저우(冉淮舟) 선생 역시 쑨리 연구의 권위자였다. 그의 짙은 바오딩 사투리가 내겐 무척 정겨웠다. 바오딩 문단에서 만났던 많은 선생님이 바로 그의 친구였기 때문이다.

지난해 5월 초, 나는 다시 바이양뎬을 찾았다. 가쯔촌(嘎子村)에 있는 '쑨리·쉬광야오(徐光耀)* 친필서신 전시실'을 방문해, 여러 친구의 사진과 쑨리 선생의 친필을 보자 옛날 기억들이 되살아났다. 물론 세월이 흘러도 쑨리 선생의 정신이 바오딩 문학의 토양 위에 살아 숨 쉬고 있다는 사실에 깊은 감명을 받았다.

2024년 9월 6일

---

* 1925~2022. 바오딩 출신의 작가로 연꽃늪파의 일원이다.

4장.
우리 모두는 아등바등
고달프고 사랑하고 미워한다

허무 속에서
의미를 찾아내는 일

우리는 왜 사는가? 인생의 의미는 무엇인가?

여러 시대를 지나며 많은 이가 이 물음의 답을 찾아 헤맸지만, 나는 확실한 정답은 없다고 생각한다. 이 거대한 두 질문에 나는 나만의 방식으로 답해 보려 한다. 우리 몸을 구성하는 각종 원소가 이토록 기묘하고, 절대적으로 복잡하며, 더할 나위 없이 완벽한 방식으로 조립되어, 감정이 있고 이상도 있으며 늘 무언가를 추구하는 '생생한 개체', 바로 '생생한 사람'이 되었다는 사실. 이것 자체가 바로 거대한 의미다. 이것은 단순히 지구 차원의 의미가 아닌, 우주 차원의 의미다. 우리가 살아가는 궁극적인 의

미는, 우주와 우리 자신의 신비를 탐구하는 데 있다고 생각한다.

인간은.무엇을 위해 사는가? 바로 인간은 왜 사는가라는 의문을 탐구하고 그 해답을 찾기 위해 산다.

그렇다면 삶이 너무 고되고 고통스러우면 어떻게 해야 할까? 내 소설 《인생은 고달파》가 그 물음에 대한 한 가지 대답이 될 수 있다. 이 소설 속에는 불교 경전 《팔대인각경(八大人覺經)》의 몇 구절이 나온다. "생사피로, 종탐욕기, 소욕무위, 신심자재(生死疲勞, 從貪欲起, 少欲無爲, 身心自在)", 즉 "생사의 고단함은 탐욕에서 비롯되니 욕심을 줄이고 무위에 이르면 몸과 마음이 자유로워진다."라는 뜻이다.

삶이 피로한 이유는 우리의 끝없는 탐욕 때문이다. 욕망이 많을수록 고난은 무거워지고 실망은 커진다. 이것은 불교의 기본적인 관점이기도 하다. 불교에서는 "모든 것은 본래 텅 비어 있다(空卽是色, 色卽是空)."라고 말한다. 우리가 집착하는 것들이 실은 실체가 없다는 뜻이다. 불교는 인간의 모든 욕망을 끊어야 한다고 말한다. 불교에서 말하는 육도윤회*, 즉 여섯 세계를 윤회하는 것조차 아주 낮은 차원의 순환일 뿐이다. 육도 중에서 가장 높은 천상의 세계조차 부처의 경지에는 미치지 못한다. 부처의 궁극적 경지에 도달하면 모든 것은 그저 텅 빈 공(空)일 뿐이다. 불교에서는 천인(天人)인 옥황상제도 최고의 경지에는 도달하지 못한 존재로 본다. 물론 우리는 이미 이것을 일종의 이론으로 받아들이고 있고 현실과는 관계가 없다고 여긴다. 하지만 불교는 분명 우리 중생에게 세상을 바라보는 사유의 틀을, 문제를 바라보는 방식을, 또 고통에서 벗어나 해탈하는 방법을 알려 주었다.

　감당할 수 없는 고통에 빠졌을 때, '이 모든 고통조차 실은 텅 빈 허공일 뿐'이라고 생각하면 그 무게가 조금은 줄어들지도 모른다. 사실 어떤 의미에서 불교는 과학 — 특히 천문학—과 긴밀히 맞닿아 있다. 우주를 생각해 보라. 우리가 사는 지구는 그저 광대한 우주 공간의 먼지 한 톨에 지나지 않는다. 그 작은 먼지 위에서 아등바등 다투는 부와 명예가 무슨 의미가 있겠는가? 아득한 우주 속에 한 인간으로 존재한다는 사실 자체가 이미 놀라운 행운이다. 설령 고통스럽다 해도 그것은 우리가 사람으로서 겪

＊　　세계는 여섯 가지 세계, 즉 지옥도, 아귀도, 축생도, 인간도, 수라도, 천상도로 나뉘고, 중생의 업에 따라 이 여섯 가지 세계 중 한 곳에 태어나고 죽음을 반복한다는 불교의 관념.

는 체험이 된다.

많은 위대한 과학자가 노년이 되면 신과 유사한 존재를 믿게 된다. 인터넷에서 노벨물리학상 수상자 양전닝(楊振寧) 교수가 신에 대해 얘기하는 영상을 본 적이 있다. 그는 "인간의 형상을 한 신은 물론 존재하지 않지만, 절대적이며 최고 차원에 있는 힘은 분명 존재할 것이다."라고 말했다. 연구를 거듭할수록 점점 더 기묘하다고 느꼈기 때문이다. 그는 "이 모든 것이 대체 어떻게 설계된 걸까? 틀림없이 지고지상의 설계자가 있을 것이다."라는 생각이 들었다. 우리가 발견한 과학 법칙과 수학 공식은 인간이 발명한 것이 아니다. 그것은 본래부터 그곳에 존재했다. 물리학의 많은 원리도 본래 존재하던 이치를 그저 발견했을 뿐이다. 이 점에서 불교의 개념과 다시 맞닿는다. 그래서 불교는 단순한 종교가 아니라 사유 방식이자 철학으로서의 의미를 지닌다.

나는 소설 앞부분에 이런 구절을 덧붙임으로써, 인류 전체를 하나의 거대한 환경 속에 몰아넣고, 사람이 높은 곳에서 아래를 굽어보는 독서의 시각을 갖게 하고 싶었다. 이런 관점과 철학적 높이에서 《인생은 고달파》를 읽는다면 독자는 아마 깊은 연민을 느끼게 될 것이다. 억울

하게 죽고 여섯 번의 환생을 거치는 시먼나오(西門鬧)도, 그의 아내 란롄(藍臉)도, 시대를 등에 업은 권력자 훙타이웨(洪泰岳)도 사실 비극적 존재고, 모두가 동정과 이해를 받을 만한 대상임을 느끼게 될 것이다. 그러한 큰 연민은 곧 큰 관용으로 이어진다. 큰 관용이란 모든 존재에 대한 이해와 동정, 심지어 원수조차 이해하고 동정하는 마음을 의미한다. 그리고 그 끝에는 큰 사랑, 인간의 운명에 대한 깊은 관심, 궁극적인 차원의 배려가 있다.

집필에 들어가기 전부터 제목은 진작《인생은 고달파》로 정해져 있었다. 우리는 모두 고달프고 피로하다. 물론 여기서 말하는 피로는 몸의 피로가 아니라, 영혼의 피로이자 존재의 피로다. 당시 출판사에서는 제목을《가오미 시먼(西門)》으로 바꾸자는 제안을 하기도 했다. 하지만 나는 끝까지《인생은 고달파》를 써야 한다고 고집했다. 이 제목이《가오미 시먼》보다 훨씬 더 큰 범주를 아우르는 제목이라고 생각해서다. 그것은 삶에 대한 하나의 결론이었다.

인간 세상이든 육도든, 바쁘게 뛰고, 힘들게 고생하고, 은혜를 입고 원한을 맺는다. 결국 불교의 관점에서 보면 이 모든 것은 한바탕 꿈도 아닌, 텅 비고 허무한 것이다. 그리고 인간이란, 바로 그 텅 빈 허무 속에서 의미와 가치를 찾아내야만 하는 존재다.

2021년 9월 27일

평범한 사람도
꿈을 크게 가져야 할까

평생 평범하게 사는 것은 잘못일까? 나는 이 명제가 반드시 성립한다고는 생각하지 않는다.

우선 '평범한 사람'이라는 정의부터 사람마다 다르게 이해할 것이다. 내 생각에 사람은 누구나 평범하다. 많은 이가 자신은 특별하다고 생각하지만, 그야말로 그가 지극히 평범하다는 증거다. 진정으로 비범한 사람은 대개 스스로를 평범하다고 여긴다. 본질적으로 우리는 직업이 다르고, 벌어들이는 돈이 다르고, 사회적 지위가 다르다. 그러나 인간으로서의 기본적인 존엄과 권리는 모두 평등하다. 누구도 감히 자신이 비범하다고 자부할 수는 없다.

사람은 누구나 장단점이 있다. 특정 분야에서 특별한 소질과 재능을 갖춘 사람도 있겠지만, 누구에게나 남에게는 없는 장점이 하나쯤은 있다. 그런 의미에서 자신의 강점을 살리고 최대한 펼칠 기회를 만드는 일은 매우 중요하다. 우리가 노력했다면, 그것만으로도 이미 평범하지 않은 사람이다.

하지만 설령 남들이 우리를 비범하다고 평가하더라도, 마음속으로는 언제나 자기가 평범한 사람이라고 생각해야 한다. 스스로 평범하다고 여기는 사람이야말로 진정으로 비범한 사람일 것이다.

인간은 자신의 범용함을 받아들여야 할까?

나는 '범용함'이라는 단어를 썩 좋아하지 않는다. 대신 '평범함'이라는 말로 바꾸어 쓰고 싶다.

우리 사회에는 각양각색의 사람들이 존재한다. 세상은 넓고 인간군상은 다양하다. 나라와 맞먹을 만큼 부자인 사람도 있고 생계가 어려운 사람도 있다. 높은 자리에 올라 세상을 호령하는 사람이 있는가 하면, 이름 없이 묵

묵히 평범한 일을 하는 사람도 있다. 나는 이 모든 것이 어우러져야 비로소 하나의 사회가 완성된다고 생각한다. 만약 모두가 화려한 일만 좇고 평범한 일은 하지 않으려 한다면, 이 사회는 존재할 수 없다. 게다가 현재 높은 위치에 있는 것처럼 보이는 사람이라도 실상은 평범한 일부터 시작했다. 태어날 때부터 비범한 사람은 없다. 우리는 종종 평범함을 범용함으로 잘못 이해하곤 한다.

'범용하다'라는 말은 사실 학문을 하거나 일을 처리할 때 시야가 좁고 식견이 깊지 못하며 사고가 세속적이고 진부한 것을 뜻한다. 이는 당연히 우리가 극복해야 하는 부분이다. 범용함에서 벗어나 더 멀리 내다보고 더 깊이 생각하며, 삶의 본질을 꿰뚫어 보는 능력을 길러야 한다. 또한 자신이 하는 일을 조금이라도 더 가치 있게 만들어야 한다.

한마디로 '평범함'과 '범용함'의 차이를 구분할 줄 알아야 한다. 평범함을 배척할 이유는 없지만 범용함은 극복하기 위해 노력해야 한다.

인간은 왜 노력해야 하는가? 인생에 원대한 이상은 꼭 필요한가?

사람은 태어난 이상 노력해야 한다. '젊어서 노력하지 않으면 늙어서 상심만 남는다.'라는 말이 있다. 우리는 청춘의 시절을, 신체와 정신이 가장 왕성한 때를 놓치지 말아야 한다. 배우고 단련하여 기술을 익히고 지식을 쌓은 뒤, 사회에 나가 자신의 삶을 일구고 타인을 위해 봉사하며 자신의 삶을 위해 노력해야 한다.

이상은 당연히 필요하다. 누구나 이상이 있고, 누구나 꿈이 있다. 그렇다면 무엇이 '원대한 이상'인가? 정해진 기준은 없다. 이상이 있다면 그저 노력하면 된다. 꿈이 있거든 두 발을 땅에 단단히 붙이고 묵묵히 일하며, 그 꿈을 현실로 만들면 그뿐이다. 분명한 것은, 인간에게는 이상이 필요하다는 사실이다. 나는 그렇게 믿는다.

2022년 4월 18일

일찍 성숙한 것이 좋을까, 늦게 성숙한 것이 좋을까

한 젊은이가 내게 물었다.

"'늦게 성숙한 사람'을 더 쉽게 설명해 주실 수 있나요? 일찍 성숙한 삶과 늦게 성숙한 삶, 어느 쪽이 더 좋을까요?"

《늦게 성숙한 사람》에는 사실 복잡한 사회적·역사적 배경이 깔려 있다. 내 소설 속에 등장하는 '늦게 성숙한 사람'이란, 당시의 사회 환경 속에서 재능을 펼칠 만한 무대를 얻지 못한 이들을 가리킨다. 그들은 일상적이고 평범한 일에 묻혀 지낼 수밖에 없었다. 마치 천리마가 소금 수레를 끌며 살아가는 것처럼 말이다. 하지만 지금은 사회

가 좋아져서 누구나 자기 능력을 펼칠 기회가 많아졌다. 과거에 억눌렸던 이들의 재능과 지혜가 세상에 드러나면서, 예전에는 변변찮아 보였던 이들이 갑자기 뒤늦게 재능이 무르익어 성공한 것처럼 보이게 되었다. 내 소설은 바로 그런 사람들의 이야기다.

현실에서 성숙의 속도는 제각각이다. 어릴 때부터 영리해서 어른스러운 말을 하고 일찍 철이 드는 사람도 있지만, 어려서는 다소 느리고 둔해 보이다가 나중에 더 자란 뒤에야 머리가 트이며 재능이 드러나는 사람도 있다. 이러한 차이는 저마다의 성장 과정과 기질에서 비롯될 뿐, 어느 한쪽이 더 낫다고 말할 수는 없다.

때로는 이러한 현상이 집안의 내력이나 유전과도 깊은 관계가 있는 듯하다. 내가 농촌에 있을 때 보면, 어떤 집안의 아이들은 아주 어릴 때부터 철이 들고 똑똑했지만, 정작 자란 뒤에는 그리 대단한 일을 해내지 못했다. 반대로 어떤 집안의 아이들은 어릴 때는 비교적 둔해 보였는데, 나이가 들수록 그의 재능이 더욱 충분히 발현되어 오히려 무언가 일을 해내기도 했다. 그러니 인생에서 일찍 꽃을 피우는 게 좋은지 늦게 피우는 게 좋은지 단정 지어 평가할 방법이 정말로 없다.

일찍 피든 늦게 피든, 그저 자기의 때를 따르면 된다.
몸 건강하고 정신이 즐겁다면 그 자체로 최고다.

2021년 12월 13일

일찍 피든 늦게 피든, 그저 자기의 때를 따르면 된다.
몸 건강하고 정신이 즐겁다면 그 자체로 최고다.

내 인생의 슬럼프를
이렇게 버텨 냈다

나는 스무 살이 되기 전까지 줄곧 침체기였다. 그 시절, 희망은 있었으나 그것을 실현할 길은 좁고 멀게 느껴졌다. 하지만 그 희망을 단 한 번도 꺼뜨린 적은 없다.

바깥으로 나가 더 넓은 세상을 보고 더 많은 정보를 얻기 위해 내가 할 수 있는 모든 노력을 다했다. 넓은 세상에서 지식을 쌓고 새로운 재능을 갖추어 내가 좋아하는 일들을 해낼 수 있기를 바랐다.

글쓰기를 시작한 뒤에도 몇 번의 슬럼프를 겪었다. 가장 기억에 남는 시기는 1990년 무렵이다. 당시 나는 이미 《홍가오량 가족》,《투명한 당근》* 같은 단편소설집을 완성했고, 《티엔탕(天堂) 마을 마늘종 노래》**와 《술의 나라》*** 같은 장편소설도 써낸 상태였다. 하지만 문득 글을 더는 쓰지 못하리라는 생각이 들었다. 자기표절을 하고 싶지 않았지만 새로운 길은 보이지 않았다. 아마 여름 방학이었을 것이다. 나는 가오미의 어느 마당 앞 해바라기밭 사이를 이리저리 거닐며 생각에 잠겼다. 그러다 마침내 글쓰기에 대한 자신감을 되찾을 한 가지 방법을 찾아냈다. 바로 짧은 글 쓰기였다. 그래서 유년기 기억을 더듬어 짧은 이야기를 쓰기 시작했다. 신기한 사건, 직접 겪은 일, 어른들에게 들은 귀신과 요괴 이야기까지 다양한 소재를 썼다. 그렇게 어린 시절의 추억과 민간에서 떠돌던 이야기를 글로 옮기면서 다시금 글쓰기에 대한 자신감과 용기를 되찾을 수 있었다.

그 후로 수십 년 동안 새로운 탐색을 멈추지 않았다. 인생길에 굴곡이 전혀 없지는 않았지만 대체로 평탄했고

* 모옌의 초기 단편 중 가장 상징적이고 실험적인 작품으로 '감정 표현이 서툰 아이'를 통해 현실의 결핍·고통·억압을 상징적으로 드러낸다.
** 중국 농촌의 부패·폭력·불평등을 드러낸 사회비판 소설로 발표 당시 중국에서 검열·금지 논란까지 일으켰다.
*** '아이 고기 요리'라는 끔찍한 풍문을 조사하기 위해 파견된 검찰관 딩궈얼이 겪게 되는 초현실적 사건들을 다룬 소설이다.

큰 충격을 받거나 격변을 겪은 일은 거의 없었다. 때로는 본의 아니게 여론의 중심에 서서, 스포트라이트를 받으며 수많은 이의 관심과 입방아에 오르내렸다. 이때 마음을 다잡아 준 가장 기본적인 마음의 원칙은 이것이다.

첫째, 근본을 잊지 않는다. 내가 어디서 왔는지를 늘 마음에 새기고, 시골 출신에 지극히 평범한 보통 사람이라는 걸 잊지 않았다. 둘째, 원칙을 지킨다. 사물과 정치, 사회, 인생, 사람 간의 정에 대해 내 나름의 주관이 있으므로 누가 뭐라고 하든 항상 내 마음 깊은 곳에서 옳다고 믿는 원칙에 따라 행동할 수 있었다.

그래서 나는 아무리 큰 풍파가 닥치든 그렇지 않든, 가장 중요한 태도는 이 한마디라고 생각한다. "근본을 잊지 말고 원칙을 지키자."

2022년 1월 10일

소란과
진실

사람은 자기 본연의 모습을 지켜 낼 때 비로소 진실한 말을 하고, 실질적인 일을 하며, 좋은 사람이 될 수 있다.

하지만 본연의 모습을 지키는 건 결코 쉽지 않다. 우리는 사회 안에서 살아가며 가족은 물론 각계각층의 사람들과 관계를 맺는다. 학생은 학교에서 선생과 친구를, 직장인은 집에서 가족을, 일터에서 상사와 동료를 만난다. 이런 현실 때문에 우리는 몇 가지 얼굴로 살아갈 수밖에 없다. 아무리 솔직하고 꾸밈없는 사람이라도 무대 위와 침실에서의 모습이 같을 수 없다. 대중 앞에서와 가족 앞에서의 태도 또한 다를 수밖에 없다. 우리가 할 수 있는 최

선은 가능한 한 자기 본래 얼굴로 사람들을 대하는 것뿐
이다.

오늘의 주제는 '소란과 진실'이다. 사회생활의 여러
측면을 아우르는 주제다. 사회생활이란 대체로 소란스럽
다. 소란스러움은 곧 떠들썩함이고, 떠들썩함은 열정이
요, 소음이며, 열기다. 북을 치고 징을 울리는 일이고, 노
래하고 춤추는 일이며, 한 사람의 외침에 수백 명이 소리
쳐 호응하는 모습이고, 여럿의 목소리가 뒤섞여 시끄럽게
울리는 현상이다. 또 뜬소문이 퍼지는 상황, 소문이 점점
부풀려지는 과정, 진한 화장을 하는 모습, 시위하고 행진
하는 광경, 흥청망청 먹고 마시는 분위기, 술자리에서 내
기하는 장면, 아무렇게나 지껄이는 말들, 사람들의 이목
을 끄는 행동, 진위를 가리기 어려운 정보, 의견이 분분한
논쟁, 이 사람 저 사람 떠들어 대는 잡음, 패거리를 만드는
행태다. 실로 시끌벅적하기 그지없다. 한마디로 시끄러운
아우성이다.

사회생활은 원래 소란스러운 법이다. 아니, 소란스러
움은 사회생활의 한 단면이자 본래 모습이다. 그 어떤 힘
으로도 사회를 조용하게 만들 수는 없다. 물론 차분히 따
져 보면 소란이 부정적인 것만은 아니다. 소란스럽다는

사실은 사회가 진보하고 있다는 징후이기도 하다. 원시사회는 소란스럽지 않았다. 반파(半坡) 유적을 떠올려 보자. 그 당시 사람들의 생활은 분명 소란스럽지 않았을 것이다. 맹수나 홍수가 닥치면 목숨이 위태로운데 소란 피울 틈이 어디 있겠는가. 길었던 봉건사회를 회상해 보아도 그때 역시 소란스럽지 않았다.

개혁개방 초기에도 비교적 조용했지만, 최근 십수 년 사이 사회가 점점 더 소란스러워졌다. 거리에서 소리치며 싸우거나 주먹질하는 소란이 있고, 인터넷에서 서로 욕하는 소리가 없는 소란도 있다. 이런 현상은 좋고 나쁨을 단정할 수 없으며 객관적이고 냉정하게 대해야 한다. 앞서 말했듯 이런 현상에는 긍정과 부정의 양면이 공존한다. 결국 사회적 동물인 인간은 소란에 익숙해져야 한다. 그리고 그 안에서 긍정의 에너지를 발견할 줄 아는 능력과 그 속에서 추악함을 가려내는 분별력을 가져야 한다.

소란은 사회의 한 측면일 뿐이다. 그러나 사회를 안정시키고 발전시키는 힘은 진실이다. 노동자가 떠들기만 하고 일하지 않으면 안 된다. 농부가 떠들기만 하고 농사를 짓지 않으면 안 된다. 교사가 떠들기만 하고 가르치지 않으면 안 된다. 학생이 떠들기만 하고 배우지 않으면 안 된다. 다시 말해, 우리 사회 대다수의 사람은 땅을 딛고 성실히, 묵묵히 제 몫을 다해야 한다. 그러지 않고 소란만 피우다가는 밥 굶기 십상이다.

진실은 사회를 지탱하는 더 중요한 토대며, 또 사회의 본래 모습이다. 때로는 소란에 가려 보이지 않을 수도 있지만, 대부분은 소란으로 진실을 감출 수 없다. 영원히 진실을 덮을 수는 없다는 말이다. 이 점을 보여 주는 네 가지 이야기를 해 보겠다.

첫 번째 이야기는 1970년의 일이다. 일자리를 찾아 만주로 떠났던 이웃이 돌아와 마을에서 큰돈을 벌었다고 떠들고 다녔다. 깊은 산골에서 인삼 한 뿌리를 캐다 팔아 수만 위안을 벌었다고 했다. 마을 동쪽 끝에서 서쪽 끝까지, 서쪽 끝에서 동쪽 끝까지 허풍을 떨고 다녔다. 마을 사람들은 너도나도 그를 집으로 불러 대접했다. 돈 많고 세상 물정에 밝은 사람을 존경하는 것은 어디서나 마찬가지다. 우리 집도 가만히 있을 수 없어서 음식을 차려 놓고 그를 초대했다. 그는 당시 농민들 눈에 무척 멋들어지게 보이는 검은 모직 반코트를 입고 왔는데, 뜨끈한 온돌에 앉아 땀을 뻘뻘 흘리면서도 그 코트를 벗지 않았다. 그런데 그때 우리 할머니가 그의 목덜미에서 이 한 마리를 발견

해 손으로 떼어 냈다. 이 한 마리 때문에 그의 허장성세가 들통나고 말았다. 진짜 부자는 이가 생기지 않으니까. 옛말에도 "가난하면 이가 생기고, 부유하면 종기가 생긴다."라고 했다. 그래서 우리는 그 사람이 부자가 아니라는 사실을 알았다. 모직 반코트를 걸쳤지만 그 안에 입은 옷은 남루하기 짝이 없었다. 얼마 후 고향에 돌아온 그의 외사촌도 똑같은 모직 반코트를 입고 있었다. 우리 할머니가 "네 사촌 형의 반코트와 아주 비슷하구나."라고 하자 사촌 형이 자기 옷을 잠시 빌려 입은 거라고 했다. 그 사람의 떠들썩한 거짓말이 또 한 번 들통난 것이다.

두 번째 이야기는 내가 〈검찰일보〉에서 일하던 시절에 보았던 공무원 비리 사건이다. 어느 지역의 비리 공무원이 평소에는 옷차림도 수수하고 자전거로 출퇴근을 하며 겉으로는 매우 청렴해 보였다. 게다가 회의 때면 늘 단호하고 날카롭게 비리와 부패를 규탄했다. 그런데 얼마 지나지 않아 검찰이 그의 침대 밑에서 수백만 위안을 찾아냈다. 청렴을 내세우고 부패를 비판하던 떠들썩한 말들이 진실 앞에서 산산이 무너진 것이다. 진실의 힘이 웅변보다 강하다는 사실을 보여 주는 일화였다.

세 번째는 내가 직접 겪은 일이다. 2011년 고향에서 작품을 쓰던 어느 날 시장에 갔다. 한 복숭아 장수가 나를 알아보고 "어떻게 복숭아를 직접 사러 오셨습니까?" 하고 묻더니 우리 시 위원회 서기의 이름을 대면서 아무개에게 말만 하면 우리 집까지 차로 실어다 줬을 거라고 했다. 그러면서 "고위 공무원이 아니십니까?" 하고 묻기에, "난 공무원이 아닙니다." 하고 대답했더니 "그럼 돈을 내고 사셔야죠." 했다. 그래서 그에게 복숭아 다섯 근을 사겠다고 하고는 "달아요?" 하고 물으니 "아주 달아요. 신품종이에요!" 하고 자신만만하게 대답했다. 저울은 정확한가 물으니 안심하라고 했다. 그런데 집에 와서 무게를 달아 보니 석 근 남짓밖에 되지 않았다. 거의 두 근이나 모자란 데다가 복숭아 맛도 시고 떫었다. 복숭아 장수의 허풍이 진실 앞에서 들통난 것이다.

네 번째 역시 내가 겪은 일이다. 바로 얼마 전 중학교 입학시험이 있었다. 자주 만나는 친척이 하나 있는데 만날 때마다 부패를 욕하며 이를 갈고, 머리털이 곤두설 정도로 분노하던 사람이었다. 그런데 그의 아들이 올해 중학교 입시에서 우리 현 최고 명문 중학교 입학 커트라인에서 5점이 모자란 점수를 얻었다. 그러자 그가 나를 찾아와 "고작 5점 차이인데 들어갈 수 있게 연줄 좀 놔 줘요."

하고 말했다. 나는 "요즘 누가 감히 그런 일을 해요? 부패 척결을 외치는 목소리가 이렇게 높은데요." 하고 말했다. 그랬더니 그는 또 "돈이 얼마나 들든 상관없어요. 나 돈 많아요."라고 했다. "나더러 돈을 전해 주라는 말이에요? 뇌물을 전달하라고요? 그건 비리 행위가 아닙니까? 당신은 부패를 혐오한다면서요? 지금 나를 시켜서 새로운 비리 공무원을 만들겠다는 거예요?"라고 되물었더니 그가 "이건 다른 문제예요. 내 자식의 학교가 달렸잖아요."라고 말했다. 핏대 세워 부패 척결을 떠들던 그의 본성이 진실 앞에서 적나라하게 드러난 것이다.

이 네 사람을 조롱하려는 건 아니다. 나도 그들을 이해한다. 만약 내가 그 친척의 입장이었더라도, 내 아이가 몇 점 모자라 명문 학교에 못 간다면 나도 연줄을 댈 방법을 찾아다녔을지도 모른다. 왜 이런 일이 생길까? 어째서 자신의 이해관계나 가족과 상관없는 일에는 정의롭고 강직하고 청렴한 사람인 양 굴다가, 막상 자기 일, 특히 내 자식의 문제가 되면 태도가 돌변해 순식간에 원칙이 사라지는 걸까? 나는 이것이 바로 인간의 취약성과 사회의 결함에서 비롯되었다고 생각한다. 내가 이 네 가지 이야기를 들려준 이유는 그들을 조롱하려는 게 아니라 이 이야기들을 통해 우리 자신을 돌아보기 위해서다. 사회 문제를 바라보고 사회의 소란스러움을 마주하고 그 소란의 이면을 차분히 생각해 보자는 뜻이다.

　나는 소설을 쓰는 사람, 좋게 말하면 소설가다. 소설가에게 소란과 진실은 모두 문학의 소재다. 우리는 소란스러움에 대해 쓸 수 있다. 하지만 나는 진실에 관해 더 많이 써야 한다고 생각한다. 물론 소설가의 펜 끝에서 묘사된 진실은 현실의 진실과는 다르다. 과장될 수도 있고, 변형될 수도 있고, 판타지적인 요소가 덧입혀질 수도 있다. 다만, 과장과 변형, 판타지는 결국 진실의 존재와 그 힘을 더 부각하기 위한 수단이다.

　한마디로 오늘날처럼 떠들썩하면서도 진실하고, 수만 가지 양상이 뒤섞인 사회에서 작가는 사회의 현실을 대하는 몇 가지 원칙 또는 방법을 지켜 나가야 한다. 먼저 냉정한 관찰을 통해 겉으로 드러난 현상 너머의 본질을 꿰뚫어 보아야 한다. 예로부터 한 사람을 알려면 그의 언행을 먼저 살피라고 했다. 우리는 주위에서 들리는 소리와 일어나는 일들을 예민하게 관찰하고, 이를 통해 외부의 많은 정보를 얻어야 한다. 그런 다음 논리적으로 분석해 현실을 가늠하고, 역사를 돌아보고, 미래를 내다보아야 한다. 즉 현실을 분석하고 판단한 뒤 도출된 결론을 바탕으로 세상을 묘사해 독자에게 풍성한 문학 세계를 선사해야 한다.

2014년 8월 19일

느림에 대해
다시 말하다

2011년 12월, 일본 기타큐슈에서 열린 한·중·일 동아시아 문학포럼에서 나는 '조금은 여유롭게, 조금은 천천히'라는 제목으로 연설했다. 부제는 그 포럼의 주제 중 하나인 '부와 욕망'이었다. 당시 내 연설은 청중에게 여러 발표 중 하나였을 뿐 별다른 주목을 받지 못했다. 다른 작가들의 연설이 내 것보다 훨씬 날카로웠기 때문이다.

그런데 뜻밖에도 몇 년 뒤 그 연설이 다시 회자되며 찬반이 엇갈리는 논쟁을 불러일으켰다. 사실 나는 알고 있다. 옛글이 다시 주목받는 이유는 글이 좋아서가 아니라, 그 글이 다룬 문제가 오늘날에도 여전히 뜨거운 쟁점이며, 오히려 시간이 흐를수록 갑론을박이 거세졌기 때문이다. 연설에서 나는 과학적이고 이성적인 발전의 필요성을 호소했고, 사람들, 특히 부유한 이들이 욕망을 절제해야 한다고 목소리를 높였다. 그런데 듣기에는 그럴듯해 보이지만 현실로 돌아오면 전혀 다른 이야기가 된다. 마치 첨단 과학기술이 민생보다 살상 무기 개발에 먼저 쓰이는 일이 과학의 이화(異化)임을 모두가 알면서도, 세계 대다수 국가가 그렇게 하고 있는 것과 같다. 이런 문제는 지구의 운명과 인류의 미래에 관한 중대한 일이므로, 우리 같은 소시민들이 걱정할 바가 아닐지도 모른다. 하지만 서민들의 걱정이 모여 하나의 힘을 이루고, 그것이 지도층에 영향을 미쳐 변화를 이끌어 낼 수는 없을까? 물론 이런 얘기는 송양지인(宋襄之仁)*이자 소심한 문인의 순진한 발상이다. 한마디로, 헛소리인 셈이다.

'인흘묘량(寅吃卯糧)', 즉 '토끼해의 양식을 호랑이해

---

* 춘추시대에 송양공(宋襄公)이 초나라와 전쟁할 때, 전쟁터에 도착해 보니 초나라 군대는 아직 강을 건너고 있었다. 적이 진영을 갖추지 못했을 때 선제공격할 수 있는 유리한 상황이었지만, 송양공은 남의 약점을 노리는 비겁한 짓을 할 수 없다는 이유로 초나라 군대가 강을 다 건너올 때까지 기다려 주었고, 결국 전투에서 초나라에 참패했다. '송양지인'은 이 고사에서 유래된 말로, 쓸데없는 동정심이나 지나친 명분 탓에 오히려 화를 자초하는 것을 뜻한다.

에 먹는다.'라는 뜻의 고사성어가 있고, "오늘만 먹고 내일은 모른다."라는 민간 속담도 있다. 이런 말들이 정상적인 사고를 하는 사람에게는 경각심을 주겠지만, 이미 될 대로 되라는 식의 개인이나 집단에게는 아무런 효과도 없다. 우리는 지금 혼란스럽고 불안하며 하루가 다르게 급변하는 시대를 살고 있다. 좁은 집에 숨어들어 세월이 가는지 마는지 신경 쓰지 않고 살 가능성은 사실상 희박하다. 왜 희박한지는 말하지 않아도 누구나 안다. 숨을 곳이 없다면 결국 밖에서 비바람을 맞으며 세상을 겪고, 싸우고, 생존을 모색해야 한다. 이런 환경과 처지에 놓인 이들에게 여유를 논하고 느림을 말하는 것은 사실 사람을 기만하는 헛소리일 뿐이다. 도연명의 〈음주〉라는 시에 "동쪽 울타리 밑에서 국화를 따다가 한가로이 남산을 바라보네."라는 구절이 있다. 그것은 먹고 마실 것이 있어야 가능한 여유다. 만약 집에 내일 먹을 식량이 없고 몸에 걸칠 겨울옷이 없다면, 오직 쫓기듯 서둘러 일을 끝내고 돈을 벌어 가족을 부양해야 한다. 오늘날의 택배 기사들처럼 차량의 물결 사이로, 거리와 골목에서, 계단과 복도에서, 한줄기 연기처럼 질주해야 하는 것이다.

그러니까 내 연설은 사실 실현 가능성이 전혀 없는

'옳은 헛소리'였던 셈이다. 내 얘기를 듣고 군사비를 삭감할 정치가도 없고, 재산을 통 크게 기부할 부자도 없으며, 명품 매장이 문을 닫을 일은 더더욱 없다. 그렇다면 이런 옳은 헛소리는 정말 아무 가치도 없는 걸까? 꼭 그렇지만도 않다. 말과 글은 세상이 돌아가는 이치를 전할 수도 있고, 나라를 다스리는 방법을 탐구할 수도 있으며, 세상과 인간의 변화를 살필 수도 있다. 물론 때로는 그저 가슴을 치며 발을 구르는 불평에 지나지 않을지라도, 그걸 듣고 읽는 이가 잠시나마 공감할 수 있다면 그 헛소리에도 어떤 의미는 있을 것이다.

이 모든 것은 중력가속도가 존재하는 우주 속에서 벌어지는 일이다. 비상과 추락은 사실 하나의 현상이고, 움직임과 멈춤도 상대적인 개념이다. 만약 누군가가 이 우주는 고사하고 지구의 일만이라도 온전히 이해하게 된다면, 산다는 것은 그 순간 의미를 잃고 말 것이다. 우리 모두 알 듯 모를 듯 애매한 상태에 있기에 이렇게 많은 윤리 기준과 가치 척도가 있고, 시시비비와 희로애락이 존재하는 것이다. 삶의 의미는 결국 '인간은 반드시 죽는다'는 사실을 아는 데 있고, 투쟁의 의미는 투쟁을 통해 인간이 더 이상 투쟁하지 않아도 됨을 증명하는 데 있다.

너무 빙빙 돌려 말하는 것처럼 들릴지도 모르겠다. 독자들은 알아들었는지 몰라도, 나는 말해 놓고 헷갈린다. 며칠 전 친구에게 써준 글귀로 이 글을 맺고자 한다.

"만사가 덧없음을 알기에, 매 순간을 다투듯 살아간다."

2024년 9월 23일

바람을
말하다

2022년 5·4운동* 기념일을 앞두고 나는 SNS를 통해 젊은 친구들에게 큰바람에도 쓰러지지 말라는 당부를 전했다. 여기서 말한 '큰바람'은 물론 상징적인 의미다. 진짜 바람이 아니라, 어려움과 역경을 이겨 내는 용기를 뜻했다. 나는 사람들이 어려움을 마주하고, 어려움에 도전하고, 마침내 어려움을 이겨 내기를 바랐다. 물론 어려움을 이겨 내지 못할 수도 있고, 패할 수도 있다. 하지만 싸워 보는 것이 싸우지도 않고 굴복하는 태도보다 낫다.

---

*　1919년 5월 4일 베이징에서 일어난 반제국주의, 반봉건주의 혁명 운동.

십여 년 전 내가 노벨문학상을 수상했다는 소식이 전해지자 세상이 들썩였다. 좋게 말하는 사람도 있고 나쁘게 말하는 사람도 있었으며, 한동안 의견이 분분하고 갈피를 잡지 못했다. 그때 나는 언론에 이렇게 말했다. "제 마음은 거대한 바위 같아서 팔풍(八風)에도 흔들리지 않습니다."

'팔풍'이란 불교 철학에 나오는 여덟 가지 바람이라는 개념이다. 사람의 마음을 흔드는 이(利), 쇠(衰), 훼(毁), 예(譽), 칭(稱), 기(譏), 고(苦), 락(樂)이 그것이다. '이'는 뜻대로 순조롭게 이루어지는 일이고, '쇠'는 사랑하는 것과 안락한 환경을 잃는 일이고, '훼'는 남이 뒤에서 헐뜯는 일, '예'는 뒤에서 칭찬하는 일이며, '칭'은 눈앞에서 치켜세우는 일, '기'는 비웃음, 조롱, 비난을 받는 일, '고'는 정신적·육체적 고통과 고난, '락'은 정신적·육체적 즐거움이다. 네 가지 순경과 네 가지 역경이 사방에서 큰바람처럼 불어와 사람의 마음을 흔든다. 사람은 그 바람에 흔들려 불안해하며 두리번거리고, 앞으로 나아가지도 뒤로 물러나지도 못한 채 망설이며 방황하거나, 기쁨에 겨워 이성을 잃고, 우쭐대다가 도에 지나친 행동을 한다. 그러나 충분한 수양을 쌓은 사람은 칭찬을 받든 모욕을 당하든 평정심을 잃지 않는다.

다만, 이치를 말하기는 쉬워도 실제로 행하기는 어렵다. 또 이치를 아는 사람은 많아도 실제로 팔풍에 흔들리지 않는 경지에 도달한 사람은 극히 드물다.

민간에 전해 내려오는 소동파와 불인선사(佛印禪師)의 일화가 있다. 유배 중 불교에 심취한 소동파가 수행 끝에 스스로 큰 깨달음을 얻었다고 생각해 '팔풍취부동(八風吹不動)', 즉 '팔풍이 불어도 흔들리지 않는다.'라는 글귀를 써서 자신의 벗 불인선사에게 보냈다. 그런데 그걸 받은 불인선사가 "방귀 뀌고 있네."라고 한 줄만 써서 답장을 보냈다. 그걸 보고 분노한 소동파가 곧장 찾아가 따졌더니 불인선사가 웃으며 말했다. "팔풍이 불어도 흔들리지 않는다고 하지 않았나? 어찌 방귀 하나에 흔들리는가?" 아마 절반쯤 꾸며 낸 이야기겠지만 팔풍취부동의 경지에 다다르기가 얼마나 어려운지 잘 보여 준다.

어릴 적 이웃 아저씨에게서 이웃 마을 쉬(許) 영감에 대한 이야기를 들었다. 쉬 영감이 장터에서 산 질그릇을 노끈으로 묶어 등에 메고 집에 가던 중 장난꾸러기 아이들이 뒤따라가며 장난을 치다가 그만 질그릇을 깨뜨리고 말았다. 깨진 그릇 조각이 바닥에 쏟아졌는데도 쉬 영감은 뒤도 돌아보지 않고 계속 걸었다. 사람들이 "그릇이 깨졌는데 왜 돌아보지 않으십니까?" 하고 묻자 그가 말했다. "돌아본다고 다시 붙겠나?" 그때는 별생각이 없었지만 지금 떠올려 보니 쉬 영감의 말에 깊은 철학이 담겨 있고, 그의 행동에서도 높은 경지가 느껴진다. 그릇이 이미 깨졌는데 뒤돌아본들 무슨 소용이 있겠는가? 일이 이미 벌어져 되돌릴 수 없다면 괜히 붙들고 괴로워하느니 가던 길을 계속 가는 편이 낫다.

이 글을 쓰다 잠시 영상을 보았는데 초강력 태풍이 하이난(海南) 섬을 덮쳤다는 뉴스였다. 거센 폭풍우에 나무가 뽑히고 건물이 흔들리는 장면을 보았다. 어마어마한 에너지를 품은 바람이 아닌가! 인간은 증기기관과 전기를 발명하기 훨씬 전부터 바람의 힘을 이용해 왔다. 풍차로 맷돌을 돌려 곡식을 찧고, 어부들은 돛을 만들어 바다를 건넜다. 1970년대 우리 마을에서도 짐수레꾼들이 수레에 간단한 돛을 달아 배처럼 바람의 힘으로 수레를 끌었다. 바람으로 전기를 만들고, 더위를 식히고, 심지어 전쟁에도 바람을 이용했다. 인류의 문명사는 바람 이용의 역사라고 해도 과언이 아니다. 용오름과 태풍이 아무리 파괴적인 힘을 가졌다 해도, 지구에 바람 자체가 사라진다면 모든 게 멈출 것이다.

얼마 전 작가 위화(余華)가 SNS에 올려 달라며 바람에 관한 글을 보내왔다. 그의 훌륭한 글을 소개하기 위해 초나라 때 송옥(宋玉)이 지은 〈풍부(風賦)〉를 다시 읽고, "이 바람이 상쾌하구나!"라는 구절을 따다가 '이 바람이 절묘하구나'로 바꿔 글 제목으로 삼았다. 요즘 흔히 쓰는 '공혈래풍(空穴來風)*'이라는 사자성어도 바로 이 〈풍부〉에 유래되었다. 천년을 이어온 이 명문을 다시 읽으며 나는 새삼 탄식했다. 사자성어에 감탄한 것이 아니라, 이제 우리는 더 이상 새로운 사자성어를 만들어 낼 능력도 기회도 잃었다는 사실에 대한 탄식이었다. 루쉰(魯迅) 세대까지만 해도 새로운 말을 만들 수 있었지만, 우리 세대 작가 중에는 그런 능력을 갖춘 이가 극히 드물다. 온라인에 다양한 유행어가 떠돌기는 하나 그런 신조어는 대부분 잠깐 쓰이다가 사라진다.

〈풍부〉에서 송옥이 초나라 왕을 즐겁게 하려고 바람을 왕의 '웅풍(雄風)'과 백성의 '자풍(雌風)'으로 나누었다. 동물에 암컷, 수컷이 있고 식물에도 암꽃과 수꽃이 있지

---

*   원래는 '빈 동굴에도 바람이 들어온다.'라는 뜻이지만 현재는 떠도는 풍문에는 이유가 있음을 비유하는 사자성어로 쓰인다.

만, 바람도 암수로 나눈 그의 상상력은 정말 놀랍다. 그의 글에서 수많은 관용구가 탄생한 것도 당연하다.

영상에서 몇몇 사람이 태풍 야기(Yagi)가 휘몰아치는 가운데 감히 바람의 위력을 시험하려는 모습을 보았다. 그들은 바람에 날아가지 않으려고 필사적으로 버텼다. 컨테이너마저 날려 버린 태풍 앞에서 인간의 몸무게로 과연 어떻게 바람에 저항할 수 있었을까? 간신히 큰 나무를 끌어안아 겨우 날아가는 걸 면했다.

그걸 보니 예전에 내가 했던 "큰바람에도 쓰러지지 말라."는 말은 사실 불가능한 말이었다. 어릴 적 나와 할아버지를 덮친 바람이 야기 같은 초강력 태풍이었다면 아마 우리는 인도네시아까지 날아갔을지도 모른다.

왕씨는 중국에서 인구가 가장 많은 성씨 중 하나고, 낭야(琅邪) 왕씨는 그중 중요한 한 갈래다. 명필 왕희지(王羲之)와 문인 왕어양(王漁洋)이 바로 그 후손이다. 갑자기 이 얘기를 꺼내는 이유는 산둥 신성(新城)*에 살았던 낭야 왕씨 시조 왕귀(王貴)의 부인 초(初)씨가 제성(諸城)에서 바람에 휩쓸려 신성으로 날아온 이야기를 하기 위해서다.

* 오늘날의 산둥 쯔보(淄博) 환타이(桓台)현.

왕어양은 신성 낭야 왕씨의 8대손이었다. 바람에 날려온 초씨 부인이 바로 그의 먼 윗대 할머니였던 것이다. 다시 말해 신성에서 터를 잡고 살던 낭야 왕씨 자손은 모두 초씨 부인의 후손이었다. 왕어양의 가문 족보에 따르면, 시조 왕귀가 밭을 매던 중 갑자기 광풍이 불더니 한 여인이 허공에서 떨어졌다. 물어보니 뜻밖에도 그 여인은 그와 같은 제성 출신이었고, 어릴 적 두 사람의 부모가 이미 혼약을 맺어 둔 사이였다. 이 얼마나 기막힌 인연이란 말인가. 그들이 지주의 도움을 받아 혼인하여 이곳에 정착한 뒤 훗날 자손 대대로 번성하게 되었다. 제성에서 신성까지는 사백 리 남짓으로 멀다면 멀고 가깝다면 가까운 거리다. 하지만 한 줄기 바람이 산 사람을 실어다 털끝 하나 다치지 않고 멀쩡하게 내려놓았다니 신비한 이야기다. 하지만 왕어양 같은 대문호가 그렇게 전했으니 우리도 믿기로 하자.

마지막으로 내 어린 시절의 '바람 목욕(風浴)' 이야기로 이 두서없는 글을 마치려 한다. 내가 말하는 풍욕은 요즘 정밀 기기를 사용하거나 생산하는 공장에서 작업자의 몸에 붙은 먼지를 떨어내는 에어샤워(Air Shower) 같은 것이 아니다. 몇십 년 전 우리 마을 앞 모래 언덕에 바람구멍이 있었다. 무슨 이유로 그곳에 바람이 유난히 세게 불었는지 모르지만 모두 그곳을 '바람구멍'이라고 불렀다. 매년 음력 2월 초이틀 용이 머리를 든다는 용대두(龍抬頭)* 무렵 아직 찬 기운이 남은 초봄, 동남풍이 세차게 부는 날이면 일곱 살에서 열 살 남짓의 사내아이들이 약속이나 한 듯 그 모래 언덕 꼭대기로 삼삼오오 모여들었다. 그러고는 겨우내 입은 누더기 솜저고리를 벗어 멧대추나무 가지에 걸었다. 당시 대부분의 아이가 솜저고리 안에 아무것도 입지 않았다. 입기 싫어서가 아니라 입을 옷이 없었다. 그러니 솜옷을 벗으면 맨몸이 드러났다. 그나마 얇은 옷이라도 입은 아이들은 그마저 벗었다. 모두 맨몸으로 바람을 맞으며 가슴을 치고 얼굴과 목, 손이 닿는 곳을 문지르며 소리를 지르면 얼굴이 금세 벌겋게 달아올랐다. 겨우내 쌓였던 먼지와 때가 바람에 흩날려 날아갔겠지만 우리 눈에는 보이지 않았다. 그다음 바지를 벗고 또 고함을 내질렀다. 점점 커지는 함성 속에서 우리는 마음의 짐을 모두 내려놓고 몸과 정신이 온전히 자유로워졌다. 온몸을 스치는 동남풍에는 약간의 습기와 바다 내음이 섞여

* 중국에서 음력 2월 초이틀을 '용이 머리를 드는 날'이라고 하여 '용대두'라고 부른다.

있었다. 그런 바람은 좋은 바람이었다. 기름처럼 귀하다
는 봄비를 데려오는 바람이자, 어부들이 먼바다로 나설
수 있게 하는 바람이었다. 만약 송옥이 그런 바람을 노래
했다면 얼마나 아름다운 시가 되었을까. 우리는 그 바람
속에서 달리고, 장난치고, 고함을 질렀다. 그렇게 온몸을
말끔히 씻어 낸 뒤 상쾌한 기분으로 옷을 입고 집으로 돌
아왔다.

2024년 9월 8일

5장.
작가가 다른 작가의 책을 읽는 것은 대화이며,
어쩌면 연애이기도 하다

독서의
의의

아침에 《베이징청년보(北京靑年報)》를 펼치자 한 면 전체가 '독서'를 주제로 한 사진으로 가득했다. 그중 윈난(雲南)의 소수민족 마을에서 한 노파가 마당에 앉아 책을 읽고 있는 사진이 있었다. 낮은 의자에 앉은 노파 옆에서 닭 두 마리가 모이를 쪼고 있었다. 또 붉은 스카프를 맨 아이들이 계단에 나란히 앉아 책을 읽는 모습도 있었는데 아마도 싼롄(三聯)서점*의 풍경인 듯했다. 또 한 청년이 길가 벤치에 누워 책을 읽는 사진, 누군가 소파에 앉아 책

---

*　중국의 대표적인 인문학 출판사이자 서점 체인. 1930~1940년대 유명했던 출판사 세 곳이 1948년 합병되어 만들어졌다.

을 읽는 사진 등등 일상에서 흔히 볼 수 있는 다양한 독서 풍경이 펼쳐져 있었다. 사실 우리 생활 속에는 셀 수 없이 다양한 독서 방식이 존재한다.

《삼자경》을 보면 옛사람들이 책을 읽기 위해 기울인 노력이 여럿 기록되어 있다. 이웃집 담장에 구멍을 뚫어 새어 나오는 불빛으로 책을 읽은 사람, 눈밭에 엎드려 눈에서 반사된 빛을 빌려 책을 읽은 사람, 소 등에 걸터앉아 소뿔에 책을 걸어 놓고 읽은 사람, 수많은 반딧불이를 잡아다가 천으로 감싸 그 빛으로 공부한 사람까지. 하지만 그중 대부분은 실현 불가능한 일로 드러났다. 누군가 직접 반딧불이 수백 마리를 잡아 한데 모아 보았지만 그 불빛으로는 책장을 밝히기에 턱없이 부족했다고 한다. 나 역시 눈밭에 엎드려 책을 읽어 보려 했지만 아주 엷은 빛만 희미하게 번질 뿐이었다. 하물며 쇠뿔에 책을 걸고 읽는 것은 더더욱 불가능한 일이니, 차라리 소 등 위에 앉아 손에 책을 들고 읽는 편이 나을 것이다. 유일하게 현실성 있는 방법은 이웃집 담장을 뚫어 새어 나오는 불빛으로 책을 읽는 것이다. 그럼에도《삼자경》에 그런 이야기가 실려 있는 건 우리에게 어려움을 두려워하지 말고 가능하기만 하다면 책을 최대한 많이 읽으라는, 그리고 독서를 통해 운명을 바꾸라는 가르침을 주기 위해서다.

　오늘날의 독서는 단순히 책을 손에 들고 읽는 행위만을 의미하지 않는다. 인터넷을 둘러보는 일도 '읽기'고, 사회를 관찰하거나 자연의 풍경을 감상하는 과정 또한 일종의 '읽기'다. 읽기는 인간의 삶과 밀접히 연관되어 있으며, 글을 쓰는 사람에게는 더더욱 떼어 놓을 수 없는 행위다.

　중국 중앙텔레비전(CCTV)과 신문출판총서가 공동 주최한 〈서향중국(書香中國)〉이라는 프로그램에 동북부 출신 작가, 남부 출신 작가 그리고 나, 이렇게 세 명의 작가가 초대되었다. 사회자는 관객에게 우리를 소개하며 다음과 같이 말했다.

　"세 분의 독자를 모시겠습니다."

　작가라고 불리는 데 익숙했던 나는 순간 어리둥절했지만 무대에 오른 뒤 '독자'라는 호칭이 훨씬 정확하다는 걸 알았다. 우리의 글쓰기는 언제나 독서에서 시작된다. 다른 사람의 책을 읽으며 글쓰기에 흥미가 생겨 창작을 시작했고, 또 다른 사람의 책 속에서 지식을 얻고 글 쓰는 감각을 익혔기 때문이다. 우리는 사회자의 요청으로 각자 자신에게 가장 큰 영향을 미친 글 한 단락을 소개하고 낭독했다. 나는 《유림외사(儒林外史)》 1장에서 화가 왕면(王

冕)이 남의 소를 돌보며 그림을 배우던 시절, 한바탕 소낙비가 쏟아진 뒤 연못에 핀 연꽃과 하늘의 노을을 묘사한 부분을 낭독했다. 왜 그 대목을 골랐을까? 눈앞에 풍경이 생생히 그려지는 듯한 묘사에 어린 시절 책을 읽던 기억이 되살아나서다. 소 등에 앉아 책을 읽었던 기억은 농촌에서 자란 사람이라면 대부분 갖고 있을 아름다운 추억이다. 동북부 출신의 작가는 고향의 여성 작가 샤오훙(蕭紅)의 《호란하전(呼蘭河傳)》 중 하늘의 구름을 묘사한 대목을 골랐다. 이 부분은 〈불타는 구름〉이라는 글로 예전 초등학교 교과서에 수록되기도 했다. 남부 출신 작가가 고른 글은 헤밍웨이의 중편소설 《킬리만자로의 눈》에서 해발 수천 미터 설산 정상에 얼어붙은 표범의 사체가 등장하는 부분이었다. 그건 매우 상징적인 장면이었다. 표범은 왜 그 높은 산꼭대기까지 올라갔을까? 무엇을 찾으러 갔을까? 그곳엔 먹을 것도 없는데 말이다. 아마도 표범은 더 높은 정신적 경지를 향해 나아가고 있었을 것이다. 킬리만자로의 설산에서 얼어 죽은 표범은 더 높은 정신적 경지에 도달하려는 인간의 의지를 상징한다.

독서에 대해 이야기하자면 끝이 없다. "만 권의 책을 읽고 만 리의 길을 가라."라는는 오래된 격언이 있다. 이동

수단이 발달한 오늘날은 만 리 길을 가는 것이 어렵지 않다. 수만 리 떨어진 남극까지도 다녀올 수 있는 시대가 되었다. 하지만 책 만 권을 읽기는 여전히 쉽지 않다. 하루에 한 권씩 읽는다 해도 일 년에 365권. 만 권을 읽으려면 삼십 년이 걸린다. 게다가 인간의 생애에서 읽기 능력을 습득한 뒤 상실할 때까지, 즉, 독서가 가능한 기간은 고작 오십 년 남짓이다. 누가 매일 한 권씩 책을 읽을 수 있을까? 누가 하루도 빼놓지 않고 책을 읽을 수 있을까? 그러나 독서는 인간에게 가장 중요한 행위 중 하나다. 사회가 발전하고, 인류가 진보하고, 삶이 더 나아지는 일, 그 어느 것도 '읽기'라는 행위를 떠나서는 불가능하다. 그러니 우리의 형편과 시간이 허락하는 한, 두 눈을 크게 뜨고 조금이라도 더 읽자. 훗날 몸을 움직일 수 없게 되었을 때, 침대에 누운 채 지난날 읽었던 책들을 회상할 수 있다면 그 또한 행복이 아니겠는가?

2011년 4월 23일

어린 시절의
독서

어린 시절 나는 정말 책에 푹 빠져 있었다. 그 시절엔 영화도, 텔레비전도, 심지어 라디오조차 없었다. 문화생활이라고 해 봐야 춘절 무렵 마을 사람들이 〈혈해심구(血海深仇)〉, 〈삼세구(三世仇)〉 같은 고난극*을 직접 공연한 것이 고작이었다. 그런 문화적 분위기에서 이른바 '한서(閑書)', 즉 소설처럼 '한가한 책'을 읽는 일은 내게 더할 나위 없는 낙이었다. 체력이 약하고 겁이 많은 나는 마을 아

---

* 1950~1970년대 중국에서 유행한 정치 선전극. 공산당 집권 후 과거 봉건 사회나 국민당 시절의 고통스러웠던 일을 재연해 보여 주며 그에 대비해 새로운 중국의 행복을 찬양하도록 만든 극이었다.

이들과 어울려 나무를 타거나 우물가에서 노는 걸 좋아하지 않았고, 틈만 나면 책을 읽었다.

아버지는 내가 그런 책을 자꾸 읽는 걸 못마땅하게 여겼다. 내가 책에서 나쁜 물이 들까 봐 염려하기도 했겠지만, 한서를 읽느라 풀을 베고 양 돌보는 일을 게을리할까 봐 그랬던 것 같다. 그래서 나는 늘 지하당이 비밀활동을 하듯 숨어서 책을 읽었다. 나중에 가정방문을 온 담임 선생님이 부모님께 "적절한 수준의 독서는 허락하는 것이 좋겠다"고 말하고 나서야 상황이 조금 나아졌다. 하지만 부모님 눈에는 내가 책을 읽는 모습보다 교과서를 암송하거나, 꼴망태를 메고 소와 양을 끌고 가는 모습이 훨씬 더 마음에 드셨던 모양이다. 사람이란 참으로 요상한 존재다. 보지 말라고 하면 더 보고 싶고, 하지 말라고 하면 더 하고 싶어 안달이 나니 말이다. 훔쳐 먹는 과일이 더 달콤하다는 말은 바로 이런 이치일 것이다.

내가 처음 몰래 읽은 '한서'는 정교한 삽화가 가득 실려 있는 신마(神魔)소설*《봉신연의(封神演義)》였다. 이웃

---

* 　명, 청 시대에 성행한 고전 판타지 소설. 신선과 마귀, 즉 초자연적 존재와 신화적 세계를 소재로 하여 현실과 초현실을 넘나드는 내용이다.

마을 석공 집에 대대로 내려오는 가보라서 쉽게 빌릴 수 없었는데, 그 집 맷돌을 반나절 돌려주는 대가로 겨우 반나절 동안 읽을 수 있도록 허락받았다. 그것도 석공 집 마당에서 석공 딸의 감시를 받으며 읽는다는 조건이 붙었다. 그들은 내가 그 책을 집 밖으로 가지고 나가면 해적판을 찍기라도 할 것처럼 경계했다. 땀 흘려 얻어 낸 그 짧은 시간에 읽었던 책이 나를 단단히 매료시켰다. 호랑이 등에 올라탄 신공표, 콧구멍으로 흰빛을 쏘는 정륜, 땅속을 걸어 다니는 토행손, 눈 속에 손이 있고 손에도 눈이 달린 양임 등등. 그 모든 인물을 평생 잊지 못할 것이다. 그래서 몇 해 전 텔레비전에서 〈봉신방(封神榜)〉이라는 드라마가 방영되었을 때 나는 분개했다. 그 위대한 명작을 그 지경으로 망쳐 놓을 줄이야! 사실 그런 소설은 영상화하면 안 된다. 굳이 하려거든 〈대요천궁(大鬧天宮)〉**이나 〈미키마우스〉처럼 애니메이션으로 만드는 게 낫다.

그 후 나는 온갖 방법을 동원해 근방에서 돌아다니던 《삼국연의》,《수호전》,《유림외사》 같은 고전들을 모조리 구해다 읽었다. 그때는 기억력이 정말 좋아서 휙 하고 한

** 　 1961년 중국에서《서유기》를 각색해 제작한 인기 애니메이션.

번만 읽어도 등장인물의 이름을 다 외우고, 줄거리를 줄줄 이야기할 수 있었으며, 사랑을 묘사한 명문장은 통째로 암송할 수도 있었다. 지금은 어림도 없는 일이다. 그 뒤로 문화대혁명 이전에 나온 유명한 소설도 열몇 권 읽었다. 어느 날 선생님이 《청춘의 노래》*를 빌려주었는데, 이미 오후였다. 풀을 베러 가지 않으면 양이 굶을 걸 알면서도 난 책의 유혹을 이기지 못했다. 오후 내내 풀더미 뒤에 숨어 그 두꺼운 책을 단숨에 다 읽어 버렸다. 개미와 모기에 온몸을 물려 살갗이 부풀어 오르는데도 아랑곳하지 않았다. 풀더미에서 엉금엉금 빠져나와 보니 벌써 석양이 붉게 물들고 있었다. 배고픈 양들이 우리 안에서 요란하게 울어 댔다. 호된 꾸지람이나 매질을 각오하고 조마조마하게 집으로 들어섰다. 하지만 내 몰골을 본 어머니는 너그럽게 한숨을 한 번 내쉬고는 때리지도 욕하지도 않고, 그저 얼른 가서 양 먹일 풀이나 좀 베어 오라고 하셨다. 그때 얼마나 기뻤는지 모른다. 나는 세상에서 제일 행복한 아이가

*　　중국 작가 양모(楊沫)가 1958년에 발표한 장편소설로 1930년대 항일운동과 사회주의 혁명 시기에 한 여대생이 개인적 사랑과 현실의 모순을 겪으며 점차 혁명가로 성장해 가는 과정을 그렸다. 사회주의 리얼리즘 문학의 대표작으로 꼽히며, 당시 청년 세대에게 혁명 이념과 집단주의를 고취한 중요한 작품이었다.

된 것 같은 기분으로 밖으로 달려 나갔다.

둘째 형도 책벌레였다. 나보다 다섯 살 많은 형은 책을 빌리는 수완이 나보다 훨씬 좋아서 내가 구하지 못하는 책들을 곧잘 빌려오곤 했다. 하지만 형은 자기가 빌려온 책을 내게 보여 주지 않았다. 형이 책을 읽고 있으면 나는 자석에 끌려가는 쇳가루처럼 몰래 형의 등 뒤로 다가갔다. 처음엔 멀찌감치 선 채로 물을 마시는 거위처럼 어깨너머로 엿보았지만 나도 모르게 점점 가까이 다가갔다. 형은 내가 뒤에 와 있는 걸 눈치채면 일부러 책장을 번개처럼 빠르게 넘겼다. 나는 한눈에 열 줄씩 읽어야 겨우 따라갈 수 있었다. 형은 그러다가 금세 짜증 내며 책을 덮고 손으로 나를 밀쳐 냈지만, 형이 다시 책을 펼치면 나는 또다시 달라붙었다.

형은 자기가 집에 없을 때 내가 몰래 볼까 봐 별별 괴상한 곳에 책을 숨겼다. 경극 〈홍등기(紅燈記)〉에서 지하당원 리위허(李玉和)가 암호를 숨기듯이 말이다. 하지만 나는 일본 헌병대장 하토야마보다 훨씬 한 수 위였다. 형이 온갖 머리를 굴려 숨겨놓은 책을 나는 기어코 찾아냈다. 그러고 나면 당연히 앞뒤 가리지 않고 책을 통째로 집어삼킬 듯 탐독했다. 한번은 형이 군사소설 《파효기(破曉

記)》를 빌려다가 돼지우리 지붕 밑에 숨겨 놓았다. 그 책을 찾으러 돼지우리에 들어갔다가 말벌집을 건드리는 바람에 '웅' 하는 소리와 함께 말벌 수십 마리가 얼굴에 달려들었다. 참을 수 없는 고통이 밀려왔지만, 아파하고 있을 겨를이 없었다. 시간을 아껴 책을 읽어야 했으니까. 책을 읽어 내려가는 동안 눈이 점점 떠지지 않았다. 얼굴은 바가지*처럼 부어오르고 눈은 실처럼 가늘어졌다. 집에 돌아온 형이 내 꼴을 보고 깜짝 놀란 기색이었지만 책부터 홱 빼앗아 다시 어딘가에 숨겨 놓고는 나를 혼냈다. 형은 나를 돼지우리로 처박을 듯이 따귀를 때리려다 말고 말했다. "꼴 좋다!" 형이 소리치자 나는 화도 나고 얼굴도 너무 아파서 엉엉 울었다. 형이 잠시 생각하더니 어머니에게 들켜 꾸지람을 들을까 겁났는지 "변소에 갔다가 말벌집을 건드렸다고 해. 그러면 《파효기》 다 읽게 해 줄게." 하고 말했다. 그 말에 나는 울음을 그치고 고개를 끄덕였다. 속으로 얼마나 기뻤는지 모른다. 그런데 다음 날 퉁퉁 부었던 얼굴이 가라앉은 뒤 책을 달라고 하자 형이 딱 잡아떼는 게 아닌가. 나도 내가 빌려 온 책을 절대로 형에게 보

---

*   원문은 柳斗로 버드나무로 만든 바가지를 가리킨다.

여 주지 않겠다고 맹세했지만 내가 새 책을 빌려 오면 형은 늘 완력으로 빼앗아 먼저 읽었다. 한번은 어렵사리 빌린《삼가항(三家巷)》*을 가지고 외양간 밀짚더미 속에 숨었다. 한창 흥미진진하게 읽고 있는데 형이 살금살금 다가와 책을 확 낚아채며 말했다. "이 책엔 독이 있어. 내가 먼저 읽고 비판해 줄게!" 하고는 책을 품에 안고 달아났다. 나는 화가 나서 미칠 것 같았지만 쫓아가도 붙잡을 수 없고, 붙잡는다 해도 이길 수 없었다. 결국 외양간에서 발을 구르고 씩씩거리며 형을 욕할 수밖에 없었다. 며칠 뒤 형이《삼가항》을 툭 던지며 말했다.

"어서 돌려줘. 너무 저질이야!"

물론 그 말을 들을 내가 아니었다.

《삼가항》을 읽으며 달콤하면서도 쓸쓸한 감정에 젖었다. 젊은 남녀의 순수한 사랑이 내 혼을 쏙 빼 버렸다. 옛 광저우(廣州)의 축축한 공기가 코끝을 맴돌고 거리의 소음이 실제로 들리는 것 같고, 등장인물들이 내 눈앞에서 살아 움직이는 듯했다. 취타오(區桃)**가 광저우 사몐(沙面)에서 시위 중 유탄을 맞고 죽는 대목에서는 밀짚더

---

*　　작가 어우양산(歐陽山)이 1959년 발표한 소설로 1930년대 광저우(廣州)의 세 가문이 겪는 정치적, 계급적 변화를 통해 중국 현대사의 격동기를 그렸다.

미에 엎드려 숨죽여 울었다. 그때의 슬픔은 말로 다 표현할 수가 없었다. 여섯 살에 학교에 들어가 삼 학년쯤 되었을 무렵이니까, 아마 아홉 살쯤이었을 것이다.

《삼가항》을 읽은 뒤 한동안 가슴이 먹먹해서 수업 시간에도 집중할 수가 없었다. 취타오의 아름다운 모습이 눈앞에 아른거려 어문 교과서 여백마다 그녀의 이름을 빽빽하게 썼다가 학급 간부에게 들키는 바람에 아이들 앞에서 '불량배'라고 조롱당했다. 간부가 담임 선생님에게도 고자질을 했는데 선생님은 그저 웃기만 했다. 수십 년이 지나 처음 광저우에 갔을 때, 취타오 같은 여자를 찾아보겠다며 거리 곳곳을 돌아다녔지만 후싱(胡杏)*** 같은 여자조차 찾을 수 없었다. "취타오는 어디 있어?" 하고 광저우 친구에게 물으니 친구가 웃으며 대답했다.

"취타오들은 낮엔 자고, 밤에만 나와."

《삼가항》을 읽고 얼마 지나지 않아, 나를 예뻐하던 선

** 등장인물 중 온화하고 순진한 성격의 여자로 선녀처럼 아름다운 미인으로 묘사된다. 세속적이고 현실적이며 물질적 안락함과 개인적 이익을 중시하는 자본가 계층과 부르주아적 가치관을 대표한다.

*** 《삼가항》의 등장인물 중 가난한 노동자 가정에서 태어나 하인으로 일하며 가족을 부양하다가 관리의 첩이 되어 집안을 이끌어가는 여성으로 시대적 억압, 구사회 속 여성의 현실, 근대적 각성의 발단을 상징하는 인물이다.

생님 한 분이 《강철은 이렇게 단련되었다》를 빌려주었다. 그날 저녁 어머니는 부엌에서 밥을 하고 있었고, 문틀 위에 작은 기름등 하나가 매달려 있었다. 부엌에서 피어오르는 연기와 수증기에 가려 불빛이 어두워지자 문지방 위에 올라서서 콩알만 한 불빛에 의지해 책을 읽어야 했다. 책 속에 완전히 빠져들어 머리카락이 등잔불에 그을리는 줄도 몰랐다. 식당에서 불 지피는 일을 하는 초라한 소년 파벨과 수병복을 입은 삼림관리관의 딸 토냐의 감동적인 첫사랑은 나를 완전히 사로잡았다. 나도 그들과 함께 상사병에 걸린 듯 가슴이 저렸다. 수십 년이 지난 지금도 그 장면들이 눈앞에 생생하다. 파벨이 강가에서 낚시를 하고, 토냐는 나무에 걸터앉아 책을 읽고 있었다. 그러다 파벨이 "어, 어, 물었어! 물었어!" 하고 외쳤지만 물고기는 낚이지 않았다. 그때 토냐는 왜 남루한 옷차림에 헝클어진 머리, 온몸이 석탄재투성이인 이 가난한 소년을 놀렸을까? 토냐는 어떤 마음이었을까? 파벨이 화를 내자 토냐가 사과를 했다. 그러자 파벨은 다시 낚시를 하고 토냐는 계속 책을 읽었다. 토냐는 무슨 책을 읽었을까? 톨스토이였을까, 투르게네프였을까? 그녀는 매끄러운 종아리를 나무 아래로 늘어뜨린 채 책을 읽었다. 검고 풍성한 머리카락, 파란 눈동자……. 파벨은 낚시에 정신을 집중할 수 있었을까? 나라면 절대로 그럴 수 없을 것이다.

토냐가 파벨에게 진심으로 사과하는 순간, 어린 시절의 쪽문은 닫히고 청춘의 대문이 활짝 열렸다. 아름답고 안타까운 사랑이 시작된 것이다. 만약 토냐가 사과하지 않았다면 어땠을까? 귀족 아가씨의 오만한 태도로 그를 꾸짖었다면 어떻게 됐을까? 그랬다면《강철은 이렇게 단련되었다》는 세상에 없었을지도 모른다. 고귀한 사람이 자신의 고귀함을 의식하지 않는 것이야말로 진정한 고귀함이며, 고귀한 사람이 자신의 과실에 대해 자기보다 비천한 사람에게 사과할 줄 안다는 것은 얼마나 소중한 일인가. 나 역시 파벨처럼 그 순간 토냐를 사랑하게 되었다. 사랑이라 부르기에는 조금 이르지만, 적어도 그녀에 대한 벅찬 호감이 피어오르고, 계급의 벽도 조용히 무너져 내렸다.

그다음은 파벨과 토냐가 급하게 달리는 장면이었다. 사랑에 빠진 파벨이 불 지피는 일을 잊어버렸기 때문이었다. 동서고금을 막론하고, 노동 규율은 늘 사랑과 모순된다. 아름다운 귀족 아가씨가 앞서 달리고, 가난한 화부가 뒤따라갔다. 그리고 가장 가슴 뛰는 순간이 왔다. 일부러

그랬는지, 자기도 모르게 그랬는지 모르지만, 토냐가 젊고 생기 넘치는 몸을 파벨의 가슴에 기댔다. 그때, 가오미현 둥베이향의 시골뜨기 소년의 눈에서 뜨거운 행복의 눈물이 흘러나왔다.

그 후 파벨이 머리를 자르고 셔츠를 사 입은 뒤 토냐의 집에 방문하는 장면이 나온다. 삼십 년 전 이 책을 읽은 뒤 한 번도 다시 펼쳐 보지 않았건만, 세세한 장면까지 지금도 눈앞에 생생하다. 군 복무 중 이 소설을 각색한 영화를 보고 무척 실망했다. 영화 속 토냐는 내가 상상했던 토냐가 아니었다. 결국 파벨과 토냐는 헤어져 각자의 길을 가게 된다. 이 대목을 읽을 때 이루 말할 수 없는 감정이 북받쳤다. ‘내가 파벨이라면…….’ 하고 생각했지만, 아쉽게도 나는 파벨이 아니었다. 그래도 그들이 이별을 앞두고 보낸 따뜻하고 달콤했던 밤은 잊을 수가 없다. 토냐 집에서 기르는 커다란 개, 그 따뜻한 털, 토냐의 따뜻한 온기……. 토냐의 어머니는 또 얼마나 자애로웠던가. 그리고 공중에 풍기는 우유와 빵 냄새…….

훗날 두 사람은 도로 공사장에서 다시 만나지만 그들 사이에는 이미 어두운 벽이 세워져 있었다. 계급과 계급투쟁이란 얼마나 잔혹한 것인가. 하지만 파벨이 틀렸다고 할 수도 없다. 설령 토냐와 결혼했더라도 그들은 행복하지 못했을 것이다. 둘 사이의 격차가 너무 컸기 때문이다. 이후 파벨은 콤소몰* 간부 리타와 사랑에 빠지지만 그건 혁명기의 사랑이었다. 감동적이었으나 토냐와의 첫사랑 같은 애틋함은 없었다. 결국 운도 지지리 없는 파벨은 창백한 타냐와 결혼한다. 그 결혼에서는 일말의 낭만도 느낄 수 없었다. 그 장면을 읽는 순간, 내 어린 마음속의 파벨은 완전히 빛을 잃었다.

《강철은 이렇게 단련되었다》를 읽은 뒤 곧 '문화대혁명'이 시작되었고, 내 어린 시절의 독서 이야기도 그렇게 막을 내렸다.

1996년

* 소련에서, 사회주의 정치 교육을 위해 공산당의 지도 아래 조직한 청년 단체.
15~26세 남녀를 대상으로 1918년에 조직했다.

포크너 아저씨, 안녕하세요?

　며칠 전 스탠퍼드대학교에서 연설을 하던 중, 나는 이렇게 말했다. 작가가 다른 작가의 책을 읽는 일은 일종의 대화며, 어쩌면 연애와도 같다. 서로 잘 통하면 평생의 반려자가 될 수 있지만, 말이 통하지 않으면 헤어져 각자의 길을 가게 된다. 오늘은 내가 세계 각지의 작가들과 나눈 대화에 대해 얘기해 보려고 한다. 어떻게 보면 그것은 연애의 과정이기도 했다. 훌륭한 작가는 불멸의 존재라고 나는 믿는다. 물론 육체야 여느 사람과 다를 바 없이 언젠가 흙으로 돌아가겠지만, 그의 정신은 작품이 남아 있는 한 영원히 썩지 않고 살아 있을 테니 말이다. 오늘날처럼 눈과 귀가 현혹되기 쉬운 세상에서 이런 말을 한다면 시대에 뒤처진 사람처럼 보일지 모른다. 책보다 더 재미난 일이 세상에 너무 많으니까. 하지만 나 자신을 위로하고 창작을 이어 갈 힘을 얻기 위해서라도 이렇게 믿고 싶다.

내 독서 인생은 수십 년 전 고향 들판에서 소와 양을 몰던 장난꾸러기일 때 시작되었다. 그 시절 외지고 낙후한 시골 마을에서 책은 무척 귀한 사치품이었다. 나는 우리 가오미 둥베이향의 열몇 개 마을에서 어느 집에 어떤 책이 있는지 거의 다 꿰고 있었다. 그 책들을 빌려 읽기 위해 그 집에 가서 자주 일을 해 주었다. 이웃 마을의 석공집에 삽화가 함께 있는 《봉신연의》 한 질이 있었다. 그 소설은 삼천 년 전 중국 역사를 서술하는 듯했지만, 실제로는 인간의 능력을 초월한 초인들 이야기로 가득했다. 어떤 사람은 눈알이 뽑히자 눈구멍에서 손이 튀어나오고, 그 손에 다시 눈이 돋아나 삼 척 깊이 땅속까지 꿰뚫어 보았다. 또 어떤 사람은 머리만 목에서 떨어져 나와 허공에 뜬 채 노래를 불렀다. 적이 독수리로 변신해 그 머리를 잡아다가 목에다 거꾸로 꽂아 버리는 바람에 앞으로 달리면 몸이 뒤로 가고, 뒤로 달리면 몸은 앞으로 갔다. 날마다 공상에 빠져 살던 내게 그런 이야기는 도저히 포기할 수 없는 유혹이었다. 나는 그 책을 읽기 위해 석공 집에서 맷돌을 돌려 곡식을 빻았다. 오전 내내 맷돌을 돌리면 두 시간 동안 책을 읽을 수 있었는데, 그 집 맷돌방 안에서만 읽어야 한다는 조건이 있었다.

한마디로 어린 시절에 나는 막대한 대가를 치르고 주변 마을에 있는 책이란 책은 모조리 읽어 치웠다. 그때는 기억력이 몹시 비상해서, 재빨리 읽어도 한 번 읽은 내용은 거의 잊지 않았다. 물론 책을 읽는 행위가 작가와의 교감일 수도 있다는 생각조차 못 했다. 그때는 그저 이야기 자체가 재미있어서 책을 읽었을 뿐이다. 주인공 때문에 펑펑 울기도 하고, 책 속의 사랑스러운 여자와 혼자 사랑에 빠지곤 했다.

근동에 있는 열몇 권을 다 읽고 나서는 십 년 넘도록 거의 책을 읽지 않았다. 세상에 책은 그게 전부라고 생각했고, 그것들을 다 읽었으니 세상 모든 책을 다 읽은 셈 쳤다. 그 시절 농사일을 했던 나는 사람보다 소와 양과 보내는 시간이 더 많았다. 학교에서 배운 글자들도 거의 잊어버렸지만 마음속은 상상으로 가득했고, 언젠가 작가가 되어 행복하게 살겠다는 꿈도 품고 있었다. 며칠 전 스탠퍼드 연설에서 하루 세끼 만두를 먹는 행복한 삶을 살기 위해 열심히 글을 썼다고 말했지만, 사실 나를 글쓰기에 매진하게 한 이유는 만두 말고도 더 있었다. 여러 이유 가운데 제일 중요한 것은 작가가 되면 마음껏 책을 읽을 수 있다는 점이었다.

내가 본격적으로 폭넓은 독서를 한 건 대학 문학과에 다닐 때였다. 이미 소설을 여러 편이나 썼을 때였다. 처음 도서관에 갔을 때 나는 깜짝 놀랐다. 세상에 이렇게나 많은 사람이 이렇게 많은 책을 썼을 줄은 꿈에도 몰랐다. 하지만 그때는 이미 독서의 적령기를 지난 뒤였다. 책 한 권을 처음부터 끝까지 읽어 낼 인내심이 내게 없었고, 책 속의 이야기들이 내 상상력을 뛰어넘지 못한다고 느꼈다. 책을 십여 쪽만 넘겨 봐도 작가의 속내가 훤히 보였다. 뛰어난 작가가 많다는 건 인정했지만 그들과 나 사이에 공통의 언어가 부족해 내게 별로 도움이 되지 않았다. 그들의 책을 읽는 일은 마치 손님 앞에서 점잖게 예의를 차리는 행위 같았다. 포크너를 읽기 전까지는 말이다.

지금도 또렷이 기억난다. 1984년 12월 눈이 펑펑 내리던 어느 오후, 나는 친구에게 윌리엄 포크너의《소리와 분노》를 빌렸다. 책날개 사진 속, 양복 차림에 넥타이를 맨 채 파이프를 입에 문 노인의 얼굴을 보고도 별다른 인상은 받지 못했다. 곧이어 중국의 유명한 번역가가 쓴 장문의 서문을 읽기 시작했는데, 읽는 내내 무척 기뻤다. 이 미국 노인의 엉뚱한 행동들이 조금도 낯설지 않고 오히려 친근하게 다가왔기 때문이다. 어릴 적 공부를 열심히 하지 않았다든가, 횡설수설하기 좋아하고 거짓말을 자주 했다든가 하는 행동들 말이다. 그는 전장에 나가 본 적도 없으면서 뻔뻔하게도 자신이 비행기를 몰고 적과 공중전을 벌였다고 떠벌리고 다녔다. 또 머릿속에 거대한 파편이 박혀 있는데, 그 파편 때문에 자신의 언어 스타일이 번잡하고 난해해졌다고 말했다. 노벨상 상금을 받으러 가서는 곤드레만드레 취해 금메달을 쓰레기통에 던져 버리기까지 했고, 케네디 대통령이 백악관 만찬에 초대하자 "밥 한 끼 먹자고 백악관까지 가기에는 거리가 너무 멀다"며 거절했다. 그는 한 번도 작가인 척 으스대지 않고 스스로를 농사꾼이라 자처했다. 특히 그가 창조한 '요크나파토파 카운티'는 내 가슴을 뛰게 했다. 나는 포크너가 내 고향의 늙은 농부들처럼, 성가신 듯한 말투로 망아지에게 고삐 매는 법을 가르쳐 주는 듯한 착각이 들었다.

서문을 다 읽고 작품을 읽기 시작했다. 사람들은 그의 책이 난해하다고 했지만 내게는 술술 읽혔다. 마치 내

고향의 꼬장꼬장한 노인들이 중얼대는 소리처럼 친근했다. 그가 무슨 이야기를 하는지는 중요하지 않았다. 이야기를 지어내는 재주만큼은 나도 결코 뒤지지 않는다고 생각했다. 내가 감탄한 건 이야기를 풀어 가는 그의 말투와 태도였다. 그는 누구도 안중에 없는 듯 그저 자기 할 말만 했다. 옛날에 내가 고향 들판에서 소를 몰며 소와 하늘의 새에게 혼잣말을 했던 것처럼.

그때까지만 해도 나는 소설 작법 교과서에서 배운 방식대로 소설을 쓰고 있었는데, 그건 내게 고행에 가까웠다. 늘 쓸 거리를 찾지 못해 막막했다. 교과서에서는 글감이 없을 때는 생활 속으로 더 깊이 들어가라고 가르쳤다. 하지만 포크너를 읽은 뒤 깨달았다. 소설에 이렇게 허튼 소리를 늘어놓아도 된다는 것을. 시골 마을에서 벌어지는 자질구레한 일들도 당당히 소설이 될 수 있다는 점을. 특히 포크너의 요크나파토파 카운티는 작가가 허구의 인물과 이야기뿐 아니라 허구의 공간까지도 창조할 수 있음을 일깨워 주었다. 작가라면 인물과 이야기는 물론 지리까지도 '창조'할 수 있다고 말이다.

그길로 나는 그의 책을 옆에 밀어 두고 곧장 펜을 들어 내 소설을 쓰기 시작했다. 요크나파토파 카운티에서 영감을 얻어, 과감하게 '가오미 둥베이향'이라고 원고지에 적었다. 포크너의 요크나파토파는 온전히 허구였지만, 내 가오미 둥베이향은 실제로 존재하는 곳이었다. 나는 우표만큼이나 작은 그 고향의 이야기를 써 보기로 마음먹었다. 그러자 기억의 갑문이 활짝 열리듯, 어린 시절의 생활이 순식간에 되살아났다. 그 시절 들판에 누워 소에게, 구름에게, 나무에게, 새에게 들려주었던 그 이야기들을 한 글자도 바꾸지 않고 소설 속에 옮겨 적었다. 그때 이후로 나는 쓸 거리를 못 찾아 걱정하는 것이 아니라, 너무 많아서 다 쓰지 못할 상황을 걱정했다. 소설을 쓰는 도중에도 머릿속에서 새로운 구상들이 개 떼처럼 떠올라 등 뒤에서 짖어 대곤 했다.

나중에 베이징대학교에서 열린 포크너 국제 심포지엄에서 미국인 교수를 만났다. 그는 포크너의 고향에서 멀지 않은 대학에서 학생들을 가르치고 있었고, 그와 그 대학 총장이 나를 초청했지만 나는 갈 수가 없었다. 대신 그는 포크너의 화보 한 권을 보내왔다. 귀중한 사진들이 가득했는데, 그중에 포크너가 낡은 옷과 헌 장화를 신고 마구간 앞에 서 있는 사진 한 장이 내 눈을 사로잡았다. 그 사진을 보자마자 나는 가오미 둥베이향으로 되돌아간 듯한 착각이 들었다. 할아버지, 아버지, 수많은 고향 사람이 떠올랐다. 순간 내 마음속에서 위대한 작가로서의 포크너는 사라지고 그와 나 사이에 있던 거리감이 완전히 사라졌다. 우리는 세대는 다르지만 가슴을 터놓고 대화를 나누는 친구가 되었다. 우리는 날씨와 농작물과 가축 이야기를 나누고, 함께 담배를 피우고 술을 마셨다. 그는 내 앞에서 미국 평론가들을 욕하고 헤밍웨이를 조롱했다. 자기 머리의 흉터를 만져 보게 하더니 사실 얼룩말에게 물린 상처인데 얼간이들에게는 독일 전투기의 폭격에 맞은 상처라고 말해야 한다며 의기양양한 웃음을 터뜨렸다. 그의 얼굴이 짓궂은 장난꾸러기 같았다. 그는 작가라면 나무가 땅에 뿌리를 내리듯, 번화한 도시를 피해 고향에서 살아야 한다고 했다. 나도 그의 말대로 하고 싶었지만 내 고향은 정전이 잦고 물이 쓰고 떫은 데다 겨울 난방 시설도 없는 곳이라 아직 돌아가지 못하고 있다.

솔직히 고백하건대, 나는 아직도 포크너의 《소리와 분노》를 끝까지 읽지 못했다. 하지만 그 미국인 교수가 보내 준 포크너 화보는 늘 책상에 놓고 자신감을 잃을 때마다 그 사진들을 보며 다시 포크너와 대화를 나눈다. 나는 그를 내 스승으로 인정하지만, 한편으로는 이렇게 뻔뻔하게 큰소리친 적도 있다.

"어이, 영감님! 내가 당신보다 잘하는 것도 있어요!"

그러면 그는 얼굴에 비웃음을 띠며 묻는다.

"어디 말해 보게. 자네가 나보다 잘하는 게 뭔가?"

"영감님의 요크나파토파 카운티는 끝내 카운티에 머물렀지만, 난 10년도 안 돼서 내 가오미 둥베이향을 아주 현대적인 도시로 변모시켰어요. 새 소설《풍유비둔》에서 고층 건물을 잔뜩 세워 주고 현대화된 문화 시설도 만들어 줬단 말입니다. 그리고 난 당신보다 배포가 커요. 당신은 고작 그 땅에서 일어난 일만 썼지만 난 세계 곳곳에서 일어난 일을 살짝 이름만 바꿔서 둥베이향으로 끌어왔거든요. 마치 그 일들이 정말 거기서 벌어진 것처럼. 현실의 둥베이향에는 산이 없지만, 나는 산을 하나 통째로 옮겨 왔고, 사막도 없지만 사막을 만들어 주었고, 늪도 없지만 늪을 끌어다 놓았어요. 숲, 호수, 사자, 호랑이……, 전부 내가 만들어 낸 거랍니다. 최근에 외국 학생과 번역가들이 소설 속 풍경을 보겠다며 둥베이향을 찾아간대요. 그런데 막상 가서 보면 아무것도 없이 황량한 평원과 어디서든 볼 수 있는 평범한 마을뿐이라 크게 실망하고 돌아온다는군요."

포크너가 말허리를 자르며 쏘아붙인다.

"나중에 나타난 도둑이 먼젓번 도둑보다 더 대담한 법이지!"

나의 가오미 둥베이향은 내가 개척한 문학 공화국이고, 나는 그 왕국의 임금이다. 펜을 들고 그곳의 이야기를 쓸 때마다 권세를 손에 쥔 듯한 행복이 밀려온다. 그 땅에서 나는 산을 옮기고 바다를 메울 수 있고, 비바람도 호령할 수 있다. 누구를 죽이고 살릴지도 다 내 마음대로다. 물론 어떤 대담한 도둑이 내게 반기를 들 때도 있는데 그럴 때면 나도 그들에게 항복할 수밖에 없다. 가오미 둥베이향 연작이 세상에 나오자, 일부 고향 사람들이 항의하며 나를 배신자라고 비난했다. 결국 나는 여러 차례 글을 써서 그들에게 해명해야 했다.

"가오미 둥베이향은 지리적 개념이 아니라 문학적 개념입니다. 또 폐쇄적인 개념이 아니라 개방적인 개념입니다. 가오미 둥베이향은 내 어린 시절의 경험을 바탕으로 상상해 낸 문학적 환상입니다. 나는 그것을 중국의 축소판으로 만들고자 했고, 그곳의 기쁨과 고통이 인류 전체의 기쁨과 고통에 맞닿게 하려고 노력했습니다. 내 가오미 둥베이향의 이야기를 통해 세계 각지 독자의 마음에 감동을 주고자 했으며, 이것은 내가 평생을 지켜 갈 목표입니다.”

지금 나는 마침내 스승 포크너 아저씨의 나라에 왔다. 번화한 거리에서 그의 뒷모습을 만날 수 있길 바란다. 나는 그의 낡은 옷과 큼직한 파이프를 알아볼 것이고, 말똥과 담배 냄새가 뒤섞인 그의 체취도 알아챌 것이며, 주정뱅이처럼 비틀거리는 그의 걸음걸이도 알아볼 것이다. 만약 그를 발견한다면, 나는 그의 뒤에서 이렇게 외칠 것이다.

“포크너 아저씨, 저 왔어요!”

2000년 3월

스트린드베리에
대하여

인터넷과 신문에서 뵈리에 융그렌(Börje Ljunggren) 주중 스웨덴 대사가 "스트린드베리는 스웨덴의 루쉰이다."라고 말한 것을 여러 번 보았다. 매우 설득력 있는 비유며, 스트린드베리의 작품을 잘 모르는 사람도 그 한마디로 스웨덴 문단에서 그의 위상과 세계문학 속 위치를 단번에 짐작할 수 있다.

나는 루쉰 전문가도, 스트린드베리 전문가도 아니지만 몇 해 전 이 두 작가가 직접 만나지 못했음에도 서로 공명하는 지점이 있다고 느꼈다. 루쉰과 스트린드베리는 각자 중국과 스웨덴에서 지닌 문학적 위상이 비슷할 뿐만 아니라 품고 있던 정신마저 서로 닮아 있다.

루쉰의 일기를 보면, 1927년 10월 그는 스트린드베리의 책 《꿈의 연극》, 《다마스쿠스로》, 《광인의 고백》, 《헴쇠 섬 사람들》, 《검은 깃발》 등을 구입했다고 적었다. 루쉰의 창작이 스트린드베리의 영향을 받았는지 단정할 수는 없지만, 스트린드베리의 작품을 잘 알았던 것은 분명하다.

루쉰과 스트린드베리의 작품은 모두 어두운 세력과 타협하지 않는 강인한 투쟁 정신을 드러낸다. 그들은 고독한 전사이자 인간의 영혼을 깊이 꿰뚫어 본 사상가였다. 불안정하게 흔들리는 영혼을 지녔고, 쩌렁쩌렁하게 고함을 내지를 줄 아는 사람들이었다. 또 낡은 예술 형식에 도전하고 새로운 예술 형식을 창조했으며, 각자 자기 민족의 언어에 큰 공헌을 남겼다. 또한 진정한 모더니스트이자 선구자였고, 시대를 초월한 예언가였다. 그들이 작품을 통해 제기한 문제들은 지금 우리가 살고 있는 시대에도 여전히 현재 진행형이다. 그들이 그때 했던 일은 아직 끝나지 않았다. 그래서 그들의 작품은 여전히 강렬한 현실적 의미를 지닌다.

융그렌 대사가 "스트린드베리는 스웨덴의 루쉰이

다.”라는 말로 스트린드베리를 중국 독자들에게 소개했듯, 주스웨덴 중국 대사도 “루쉰은 중국의 스트린드베리다.”라며 스웨덴 독자들에게 루쉰을 소개할 수 있을 것이다.

나는 1980년대에 처음 스트린드베리의 장편소설 《붉은 방》을 읽었다. 당시에는 소설이 다소 건조하고, 구조 면에서 중국 고전소설 《유림외사(儒林外史)》와 비슷하다고 생각했을 뿐 크게 인상적이지는 않았다. 그런데 얼마 안 가서 희곡 《아버지》와 《미스 줄리》를 읽은 뒤 비로소 그의 심원함과 위대함을 느꼈다. 이후 다시 《붉은 방》을 읽었을 때는 여느 전통 소설과 달리 줄거리보다 치밀한 사유를 통해 독자를 끌어들이는 정신적인 힘이 있음을 발견했다.

최근에는 훌륭한 번역가 리즈이(李之義) 선생이 번역하고 인민문학출판사에서 출간한 다섯 권짜리 스트린드베리 문집을 모두 읽고 ‘활활 타오르는 불길에 덴 듯한’ 느낌을 받았다. 물론 덴 것은 내 살갗이 아니라 영혼이었다.

1849년에 태어난 스트린드베리가 지금 살아 있다면 백쉰여섯 살쯤 되었을 것이다. 하지만 그의 작품을 읽으

며 옛사람을 마주하고 있다는 느낌은 들지 않았다. 오히
려 나와 동시대 사람의 작품을 읽는 듯했고, 그의 고통과
분노에 나 자신의 고통과 분노가 겹쳐지며 마음속에 강한
울림이 일었다.

　나는 그가 끊임없이 구르며 우르릉거리는 모순덩어
리들로 이루어진 사람이라고 생각했다. 그는 타오르는 불
덩이일 뿐 아니라, 탁한 물결이 굽이치는 거대한 강이기
도 했다. 그의 영혼 속에서 서로 대립하는 것들이 마찰하
고 충돌하고 해체되고 다시 결합했다. 마치 급류 속에서
진흙, 자갈, 잡초, 물고기, 새우, 동물의 시체가 뒤섞여 떠
내려가는 것처럼, 사자, 호랑이, 이리, 양이 함께 갇혀 있
는 동물원 우리처럼. 그 급류는 시시각각 강둑을 터뜨리
려 했고, 그 동물들은 호시탐탐 철창을 벗어나려 했다. 글
쓰기는 그 거대한 에너지를 배출하는 유일한 통로였다.
그래서 그의 작품은 영혼의 가장 깊숙한 곳에서 터져 나
온 진정한 함성이었다.

　그는 타인의 영혼을 심문할 뿐 아니라, 자기 영혼까
지 가차 없이 심문하는 작가였다. 그가 내뿜은 불길에 많
은 사람이 덴 것은 사실이지만, 가장 심하게 덴 사람은 바
로 그 자신이었다. 나는 왠지 그가 루쉰의 소설 《주검(鑄

劍)》* 속 연지오자(宴之敖者)**처럼 검은 옷을 입고, 석탄이나 강철처럼 어두운 피부를 가졌을 것만 같았다.

소설에서 연지오자는 "내 영혼에는 나와 남에게 받은 상처가 많고, 나도 나 자신을 증오한다."라고 말하는데, 이 연지오자가 바로 당시 루쉰의 심경이 투사된 인물이다. 아마 스트린드베리도 말년에 이와 비슷한 심경을 겪었을 것이다. 그도 숱하게 공격받아 상처투성이가 되었고, '누구도 용서치 않겠다'는 태도로 적과 맞서 싸웠으며, 적을 증오하는 동시에 자신도 증오했다. 어떤 점에서 그의 자기 증오는 루쉰보다 더 심하다.

스트린드베리는 "형을 집행하는 망나니가 형을 받는 죄인보다 더 고통스럽다."라고 자주 말했다. 그가 스스로 '생체 해부'라고 이름 붙인 작품들은 타인을 해부했다기보다 자신을 해부한 것에 더 가깝다. 내가 스트린드베리의 작품을 폭넓게 읽기 전, 망나니와 혹형을 묘사한 내 소설 《단향형》이 많은 비판을 받았다. 사람들은 내가 연민

---

*　검을 만드는 장인인 아버지가 왕에게 살해당하자 아들 메이젠츠(眉間尺)가 자신의 머리와 검을 어느 사내에게 맡겨 왕에게 복수하는 줄거리. 왕은 속임수에 넘어가 결국 목숨을 잃고, 솥에서 발견된 세 개의 해골이 구분되지 않아 왕과 원수의 신원이 뒤섞인 채 매장되는 장면을 통해 권력의 잔혹함과 복수의 허무함을 풍자한다.

**　소설에 사람들을 대신해 폭군에게 대항하는 색목인이 등장한다.

이 부족하다거나 잔혹함을 과시한다고 했지만, 난 그런 비판을 받아들일 수 없었다. 나는 연민이 많은 사람이며, 잔혹함을 감추는 것이야말로 진정한 잔혹함이라고 생각했다. 다만, 그들의 비판에 반박할 강력한 무기를 찾지 못했을 뿐이다.

이제 스트린드베리에게서 그 무기를 찾았다. 형벌을 받는 사람보다 망나니가 더 고통스럽다. 망나니는 자신의 고통을 덜기 위해 정신적으로 해탈할 수 있는 방법을 찾아야만 한다. 말년의 스트린드베리는 웁살라대학교 의학과 해부대에 누워 해부당하는 꿈을 자주 꿨는데, 이는 그가 용기 있게 자기비판을 할 줄 아는 사람임을 보여 주는 예일 것이다.

그는 자아에서 출발해 개인적인 경험을 창작의 원천으로 삼은 작가였다. 타고난 성격에 병적인 요소가 많고, 개인사도 굴곡이 많고 복잡했던 나머지 그에게는 그것이 마르지 않는 창작의 원천이 되었다. 그의 개인적인 경험 자체로 이미 예술적 에너지가 풍부했다. 그의 개인 생활이 사회생활에 얽혀 있고, 사적인 고통이 시대의 고통과 정확히 맞물려 있어서, 그의 작품은 자전적 색채가 짙은 것들조차도 개인적 경험의 좁은 울타리를 뛰어넘어 보편

적이고 사회적인 의미를 가질 수 있었다. 그의 영혼 깊은 곳에서 터져 나온 외침은 곧 민중의 함성이자 민중을 위한 함성이었다.

나는 스트린드베리가 백일몽에 익숙한 작가라고 생각한다. 그는 꿈과 현실을 자주 헷갈리고, 작품 속 인물과 자신을 혼동했을 것이다. 그 또한 "나는 걸어 다니며 꿈꾸는 사람 같다. 상상과 삶이 하나로 합쳐져 있다."라고 말했다.

그래서 그는 자기 인생을 소설로 쓰고, 소설과 희곡을 자서전처럼 썼다. 몇몇 작품은 자기 삶을 모사했고, 그의 삶 또한 때때로 자기 작품을 모방했다. 그를 고통스럽게 한 사람이 많았지만, 그 스스로 만든 고통이 타인에게 받은 고통보다 훨씬 더 컸을 것이다. 그런 사람이 작가가 되지 않았다면 몹시 불행했을 것이다.

스트린드베리의 작품을 읽지 않은 이들도 그를 '여성혐오작가'로 알고 있다. 하지만 그의 문집을 다 읽고 난 뒤 나는 그것이 잘못된 판단이라고 느꼈다. 오히려 그는 여자를 몹시 사랑하고, 극진히 흠모했으며, 깊이 의지했다. 그가 여자에게 쓴 러브레터를 읽어 보니, 맙소사, 과연 스웨덴에서 어휘가 가장 풍부한 작가로 불리는 이유를 알 수 있었다. 세상 모든 달콤한 밀어를 다 모아 놓은 듯했다. 여자를 유혹하려는 얄팍한 사탕발림이 아니라, 진심에서 우러난 열렬한 감정이 흘러넘쳤다. 아무리 도도하고 차가운 여자라도 그런 구애 앞에서는 두 손 들고 항복했을 것이다.

그가 한때 가장 아름다운 말로 찬미했던 여인을 가장 악독한 말로 저주한 적이 있긴 하다. 하지만 그것이 그가 여성혐오주의자라는 증거가 될 수는 없다. 음식에 대해 불평한다고 해서 음식을 혐오하는 사람이라는 결론을 내릴 수 없는 것과 같다. 미식가일수록 음식에 까다로운 법이다.

나는 그가 극단적 이상주의자였다고 생각한다. 완전 무결한 여자를 꿈꿨지만, 그와 현실 속에서 결혼생활을 했던 여자들은 연애 시절만큼 사랑스럽지 않았다. 그는 연애할 때는 격정에 몸부림쳤지만, 결혼 후에는 실망감에 몸부림쳤다. 만약 그가 결혼하지 않고 연애만 했다면, 그의 소설과 희곡 속 여성은 전혀 다른 모습이었을 테고, 그역시 여성혐오주의자라는 오명 대신 로맨티시스트의 표본으로 불렸을지도 모른다.

스트린드베리의 가장 위대한 작품은 인생 그 자체다.

그의 사랑과 결혼, 투쟁과 저항, 영광과 치욕, 글쓰기와 연구, 짧은 부귀와 유랑, 수많은 추종과 배척……. 이 모든 것이 어우러진 거대한 교향곡이었다. 그의 삶은 '꿈의 연극'이자 '유령 소나타'며, 풍요로운 영혼의 역사였다.

중국의 유명한 시인 짱커자(臧克家) 선생은 루쉰을 기리는 글에서 "어떤 이는 살아 있어도 이미 죽었고, 어떤 이는 죽었어도 아직 살아 있다."라고 했다. 이런 찬사는 스트린드베리도 충분히 받을 자격이 있다.

스트린드베리와 루쉰은 비록 모두 세상을 떠났지만, 여전히 살아 있는 사람들이다. 그들은 작품 속에서 영원히 살아 숨 쉬며, 세월이 아무리 흘러도 각 시대의 독자에게 동시대 작가처럼 다가갈 것이다.

2005년 10월 19일

독특한
목소리

문학을 스무 해쯤 읽은 사람에게 좋아하는 단편소설 열 편을 고르는 것은 아주 쉽고도 즐거운 일이다. 하지만 왜 그 열 편을 골랐는지 이유를 대는 일은 결코 쉽지도 즐겁지도 않다. 적어도 내게는 그렇다.

내가 생각하는 좋은 단편소설의 조건은 반드시 작가의 글쓰기가 완전히 성숙해진 후에 쓴 작품이어야 한다는 것이다. 그런 작품을 읽으면 그 작가만의 고유한 세계를 느낄 수 있다. 마치 아주 작은 열쇠 구멍으로 방 전체를 들여다보는 것처럼, 또는 양의 몸에서 떼어 낸 세포 조각 하나로 양 한 마리를 복제할 수 있는 것처럼, 짧은 단편

소설 하나에도 작가의 개성이 고스란히 드러난다. 작가가 성숙해진다는 것은 자기만의 문체를 형성했음을 뜻한다. 이른바 '문체'란 다른 누구와도 혼동되지 않는, 그 작가만의 독특한 글투다. 독특한 글투라고 해서 단지 언어만을 의미하지는 않는다. 주로 어떤 유형의 이야기를 선택하는지, 이야기를 어떤 방식으로 다루는지, 어떤 서사 형식을 구사하는지 등등 모든 요소가 함께 어우러져 만들어 내는 독특한 분위기를 말한다. 연기 자욱한 선술집이 될 수도 있고, 촛불이 반짝이는 카페, 왁자지껄한 쓰촨(四川)식 찻집, 아니면 은은한 음악이 흐르는 5성급 호텔일 수도 있다. 그도 아니면 고속도로, 모텔, 유람선, 대합실, 사우나실일 수도 있다. 어쨌든 중요한 것은 남들과는 달라야 한다는 점이다. 설령 두 명의 성숙한 작가에게 똑같은 이야기를 하게 하더라도, 그들이 빚어내는 분위기는 결코 같지 않을 것이다. 작가의 성숙함이란 그 이후로 변화가 없다는 뜻도 아니고 이미 많은 작품을 발표했다는 뜻도 아니다. 어떤 이는 처음부터 성숙한 채 시작하고, 어떤 이는 오래된 술처럼 서서히 익어 가며, 또 어떤 이는 책을 천 권이나 써도 끝내 성숙해지지 못한다.

소설 창작 이론은 사실 대부분의 독자와 작가에게 큰

의미가 없다. 소설 창작에 관한 모든 이론은 어느 한 단면에만 치우친 것이고, 대개는 그 이론 자체의 자기만족에 의의가 있다. 작가 스스로 세우는 창작론은 더더욱 감정적이어서 대체로 허점이 수두룩하고 앞뒤가 맞지 않는다. 그러나 소설에는 분명 '좋고 나쁨'의 차이가 있다. 이는 모든 독자가 직감적으로 느끼는 사실이다. 그래서 내 선택도 결국 감각과 느낌에 따라 결정되며, 내가 말할 수 있는 건 그 작품들을 처음 읽었을 때의 감정뿐이다.

형의 어문 교과서에서 루쉰의 《주검》을 처음 읽었을 때, 나는 아직 순진한 소년이었다. 책을 덮자 온몸이 오싹하고 가슴이 서늘했다. 검은 옷을 입은 냉혈한 연지오자, 푸른 옷의 미간척(眉間尺), 흰 수염의 국왕, 뜨거운 김이 모락모락 피어오르는 금빛 솥과 투명한 푸른빛을 내뿜는 보검, 끓는 물 속에서 노래하고 춤추며 서로 물어뜯던 세 개의 사람 머리. 이 모든 것이 내 머릿속에서 생생히 살아 움직였다.

나중에 다리 공사장의 대장장이 밑에서 풀무질을 하며 도제로 일할 때 용광로 속에서 붉어졌다가 하얗게 변하고 다시 푸르스름해지는 쇳덩이를 보며 그 티 없이 맑고 투명한 보검을 떠올렸다. 그 후 인민공사 도살조에서 국솥 속에서 펄펄 끓는 돼지머리를 보며 서로 쫓고 물어 뜯던 그 세 개의 사람 머리를 떠올렸다. 일단 이런 연상에 빠져들면 현실 생활은 저만치 멀어졌고, 나는 상상 속 검은 옷의 사나이가 부르는 노래에 심취해 제정신을 잃곤 했다. 그러다 나도 모르게 큰 소리로 따라 부르곤 했다. "아후우후우후우후." 앞부분은 루쉰의 원문이고, 뒷부분은 내가 지어서 불렀다. "우리와라히리마후." 어른들은 내 노래를 이해하지 못했지만 아이들은 금세 알아듣고 나를 따라 노래를 불렀다. 별이 총총한 밤, 마을 어딘가에서 늑대 울음 같은 노랫소리가 길게 울려 퍼지면, 사방에서 화답하듯 노랫소리가 이어져 마치 돌 하나가 천 겹의 물결을 일으키는 듯했다. 어른이 된 후《주검》을 몇 번을 읽었는지 헤아릴 수 없이 많이 읽었지만, 읽을 때마다 새로운 감흥이 있었다. 나는 점점 검은 옷 사내와 루쉰을 하나로 겹쳐 보게 되었고, 어릴 적에는 내가 푸른 옷의 미간척이라고 상상했다. 물론 나는 결코 미간척이 될 수 없다는 것도 알고 있었다. 나는 죽음을 두려워하는 겁쟁이여서 미간척처럼 검은 옷 사내의 한마디 약속에 목을 내놓을 용기가 없었다. 가능하다면 오히려 부패하고 타락한 국왕이 되기가 훨씬 쉬울 것이다.

폴란드 작가 헨리크 시엔키에비치의 〈등대지기〉는 내가 훈련대대에서 정치 교원으로 있을 때 읽었다. 그 무렵 막 소설 쓰기를 배우기 시작했던 나는 단순히 이야기를 읽는 것에 만족하지 못하고 남의 '언어'를 배우려고 했다. 이 작품 속 바다에 대한 묘사는 외워서 읊을 수 있을 만큼 반복해서 읽었고, 내 초기 작품 중 군대소설 몇 편에는 큰 단락을 아예 모방하기도 했다. 그때 내 원고를 담당한 편집자는 내가 섬에서 군 복무를 했거나 어부의 아들일 거라고 짐작했다고 한다. 물론 문장을 그대로 베껴 쓸 정도로 어리석지는 않았다. 이 소설을 통해 나는 바다를 하나의 생명체로 써야 한다는 사실을 알았고, 바다에 관한 책들을 읽은 뒤 산골짜기에 앉아 바다 소설을 쓰기 시작했다. 태풍을 생생하게 그려 냈고, 전문 용어도 능숙히 구사해 문외한들을 깜짝 놀라게 했다. 나중에 시엔키에비치의 장편《십자군의 기사》를 읽었을 때는 오랜만에 마음이 통하는 벗을 만난 듯 반가웠다. 그의 고집에 가까운 종교적 정서와 애국적 열정이 장편과 단편에 모두 일관되게 흐르고 있었기 때문이다. 백 년도 더 된 소설이지만 지금 읽어도 낡은 느낌이 없다. 이 작품은 정교하게 짜인 이야기고, 낭만적인 정신으로 충만하다. 자세히 들여다보면 소설의 중심 사건이 허구적이라는 느낌이 들지만 낭만주의는 언제나 극적인 사건을 편애하기 마련이다.

　아르헨티나 작가 훌리오 코르타사르의 〈남부 고속도로〉는 내 초기 소설 〈면화 파는 거리〉와 가까운 혈연관계에 있다. 나는 1980년대 초 《외국문학》이라는 월간지에서 그 소설을 읽었다. 한 학생이 구독하던 것이었는데 내가 잠시 우편물 수발을 맡은 틈을 타 재빨리 먼저 읽었다. 복사기가 없었던 시절이라 사흘 밤을 새워 하드커버 공책에 베껴 적었다. 그 전까지 내가 읽은 것들은 대부분 고전 작가들의 작품이었는데, 라틴아메리카를 대표하는 이 작가의 모더니즘 정신은 내게 엄청난 충격을 주었다. 읽는 동안 마음이 주체할 수 없을 정도로 요동쳤고, 서사의 격정과 언어의 관성을 처음으로 실감했다. 그걸 읽은 뒤 나는 그의 문체를 모방해 〈면화 파는 거리〉를 썼다. 그 모방의 경험은 내 작가 인생에서 매우 중요한 의미가 있다. 서사의 어조를 잡는 일이 연주자가 연주 전에 현을 조율하는 일만큼이나 중요하다는 걸 깨달아서다. 어조를 찾으면 소설은 물 흐르듯 나오지만, 그러지 못하면 소설은 쥐어짜야만 한다.

　아일랜드 작가 제임스 조이스의 〈죽은 사람들〉은 고

전 명작이다. 그토록 많은 이가 그 작품에 찬사를 보내지 않았더라면 아마 나는 끝까지 읽지 못했을 것이다. 읽기 어렵지는 않지만, 거실과 무도회장에서 벌어지는 잡다한 일화들이 정말이지 사람을 지치게 했다. 소설의 말미에 이르러, 남녀 주인공이 이모 집 거실을 나와 서늘한 향기가 퍼지는 거리로 들어서는 순간, 위대한 조이스는 비로소 인물들의 속마음을 독자 앞에 활짝 열어젖힌다. 은은하던 불꽃이 환하게 타올라 밝은 불이 되는 것처럼, 봉오리가 한꺼번에 터져 꽃잎을 피우는 것처럼. 하지만 이 두 개의 뜨겁고 눈부신 빛을 발하던 심장도 사그라드는 불꽃처럼, 시드는 꽃처럼 이내 식어 간다.

남주인공은 마침내 자기 영혼을 묻어 버린다. "한때 이곳에서 그 죽은 이들을 길러내고 삶을 주었던 세계가 녹아내려 사라지고 있는" 것처럼. 조이스가 아닌 다른 작가였다면 여기서 소설을 끝냈을 것이다. 하지만 조이스는 여기서 끝내지 않는다. 그는 "온 아일랜드에 눈이 내린다."로 이 소설을 끝맺는다. 그는 눈이 "우울한 중부 평원 구석구석에, 민둥산 위에, 앨런 늪지 위에 살며시 내려앉고, 더 서쪽으로는 섀넌강의 굽이치는 검은 격류 위에도 살며시 내려앉는다."라고 썼다. "그 눈발은 또 산비탈 위

마이클 퓨어리가 묻힌 그 외딴 교회 묘지의 모든 흙 위에도 내린다. 사방으로 흩날리며, 기울어진 십자가와 묘비 위에 두텁게 내려앉고, 작은 묘문들의 뾰족한 꼭대기 위에, 황량한 가시덤불 사이사이에도 내려앉는다." 소설사에서 가장 유명한 결말 가운데 하나다. 함축적이고, 은유적이며, 다의적이다. 예로부터 평론가들에게 회자되었고, 수많은 작가가 모방했지만, 이런 방식으로 끝맺을 용기를 낸 이는 많지 않다. 그러나 중간에 두더라도 단번에 알아볼 수 있을 만큼 훌륭한 글이다. 나 역시 그의 문체를 흉내 내 보려고 했지만, 호랑이를 그리려다 개를 그리고 말았다.

D.H. 로런스의 〈프로이센 장교〉를 읽을 때 나는 해방군예술학원 문학과에 재학 중이었다. 당시에는 '감각 있게' 쓰는 것이 유행이었다. 동급생끼리 누군가의 소설을 칭찬할 때 "감각이 있다."라고 하고, 아쉽다고 지적할 때는 "감각이 없다."라고 했다. 그 무렵 나는 《투명한 당근》, 〈폭발〉 등의 소설을 발표해 '감각 있는' 작가로 불렸고, 그래서 하늘 높은 줄도 모르고 우쭐해져 있었다. 하지만 〈프로이센 장교〉를 읽고 나서야 진짜 '감각'이 무엇인지 깨달았다. 로런스와 견주면 내 감각은 둔하기 짝이 없었다.

우리가 말하는 '감각'이란, 작가가 소설 속 인물의 오감과 '육감'까지 총동원해 몸과 내면, 외부 세계를 감지하도록 만드는 능력이었다. 그런 의미에서 로런스의 〈프로이센 장교〉는 훌륭한 본보기였다.

1980년대 중국 문단에서 콜롬비아 작가 가브리엘 마르케스는 누구도 범접할 수 없는 독보적인 존재였다. 그의 〈아주 늙은, 거대한 날개를 가진 남자〉는 '마술적 리얼리즘'의 창작 원칙을 선명하게 드러내 보여 준다. 비현실적으로 보이는 것을 아주 사실적으로 쓰고, 불가능해 보이는 것을 가능하게 만든다. 이 작품을 읽으면 많은 이가 카프카의 〈변신〉을 떠올리겠지만, 내 생각엔 오히려 동화에 가깝다. 마르케스의 스승은 안데르센이었을 것이다. 그는 아이들에게 이야기를 들려주는 듯한 어조로 이 기이한 이야기를 풀어 냈다.

포크너는 많은 작가의 스승이며, 물론 내 스승이기도 하다. 그가 나 같은 제자를 좋아했을 리는 없지만, 작가가 스승을 모시는데 엎드려 절하거나 허락을 구할 필요는 없다. 포크너의 〈정의〉는 그의 단편 가운데 가장 유명한 작품은 아니다. 그럼에도 내가 그 작품을 특히 아끼고 독자에게 추천하는 까닭은 이 작품의 구조에 있다. 포크너의 장편과 중편에는 정교한 구조가 많은 반면, 단편은 구조를 그리 따지지 않는 편인데, 〈정의〉는 예외다. 〈에밀리에게 바치는 한 송이 장미〉도 물론 훌륭하지만 〈정의〉만큼 정교하지는 않다. 이 소설의 화자인 소년이 할아버지의 영지에서 일하는 하인 샘 파더스에게 그의 부모 등 옛사람들의 이야기를 듣는 형식으로 소설이 전개된다. 샘 파더스가 들려주는 이야기는 그가 어린 시절 아버지 친구 허먼 버스크에게서 들은 것이었다. 이른바 소설 구조의 '중첩 상자 기법'이다. 어떤 의미에서 이 구조는 포크너의 역사관이 빚어낸 산물이다. 작품 속 아버지가 흑인들과 닭싸움을 하고, 높이뛰기를 겨루는 대목은 희극적이면서도 인물의 성격을 새겨 넣는 조각칼처럼 예리하다.

러시아 작가 투르게네프의 〈하얀 초원〉은 아름다운 아동소설이다. 나는 단 한 번, 그것도 이십여 년 전에 읽었을 뿐이지만, 장작불 더미와 귀신 이야기를 주고받는 아이들, 등골이 서늘해지는 귀신 이야기, 그리고 때때로 환한 장작불 앞으로 고개를 내밀어 풀을 뜯던 가축들의 모습이 지금도 잊히지 않는다.

카프카의 〈시골 의사〉는 가장 전형적인 몽유소설이다. 어쩌면 그는 자신이 실제로 꾼 꿈을 썼는지도 모른다.

그의 거의 모든 작품은 꿈처럼 보인다. 꿈은 누구나 꾸지만, 소설을 이토록 꿈처럼 써 낼 수 있는 사람은 아마 카프카 한 사람뿐일 것이다. 그가 자신의 글로 자본주의 사회를 비판했는지는 나도 잘 모르겠다.

〈뽕나무 아이〉의 작가 미즈카미 쓰토무는 어린 시절 출가해 승려 수행을 했던 인연으로 소설 속에 "나무아미타불"을 자주 등장시킨다. 이 작품에도 "나무아미타불"이 여러 차례 나온다. 이 소설은 처량한 이야기지만 미즈카미의 글은 담백하고 완곡하다. 내가 이 이야기를 썼더라면 큰일 났을 것이다. 분명 눈물 콧물 빼는 신파조가 되었을 테니. 〈뽕나무 아이〉는 구조상 포크너의 〈정의〉와 닮았다. 내가 이 작품을 고른 이유는 두 가지다. 첫째, 작품에 대승불교의 초탈한 정신이 깃들어 있고, 둘째, 향토소설로서 성공한 작품이어서다.

한 사람의 독자로서 하는 말이라면 부족하겠지만, 한 사람의 '선정자'로서라면 이미 너무 많은 말을 했다.

1998년 10월

6장.
영감이 떠오르길 바란다면
삶으로 깊숙이 들어가야 한다

토행손과 안타이오스에게서 얻은 깨달음

어린 시절 어른들에게서 토행손 이야기를 들었다. 그는 중국 신마소설 《봉신연의》에 나오는 호걸인데, 땅의 기운을 빌려 몸을 감추거나 이동하는 비술, 즉 '토둔(土遁)'이라는 초능력을 지니고 있었다. 그는 여러 번 적에게 사로잡히기도 했지만, 몸이 흙에 닿기만 하면 물고기가 바닷속으로 숨듯 흔적도 없이 사라지는 이 비술을 이용해 많은 공을 세웠다. 나중에 그리스 신화 속 거인 안타이오스 이야기를 읽었다. 그는 바다의 신인 아버지와 대지의 신인 어머니 사이에서 태어났다. 어머니의 힘을 물려받아 땅에 있을 때는 무한한 힘을 냈으나, 땅에서 벗어나면 한없이 약해져 작은 공격에도 쉽게 패했다. 나는 토행손과 안타이오스가 묘하게 닮았고, 또 내가 몸담은 문학 활동과 깊이 연결되어 있다고 믿었다. 우리는 흔히 민중을 어머니에 비유하고, 대지도 어머니에 비유한다. 그렇다면 민중, 대지, 어머니는 문학 종사자에게 있어서 우리가 발 딛고 살아가는 다채로운 삶 그 자체다.

삶은 문학예술의 마르지 않는 샘이다. 아무리 뛰어난 천재라고 해도, 아무리 상상력이 풍부하다고 해도, 삶으로부터 단절되어 민중의 희로애락과 생사에 공감하지 못한다면 힘의 원천을 잃게 된다. 그런 상태로는 시대의 본질을 깊이 있게 반영한 작품을 쓰기 어렵다. 언제나 민중의 편에 서서 자신이 민중의 한 사람임을 한순간도 잊지 않으며, 민중의 아픔을 자신의 고통으로 여겨야만, 토행손과 안타이오스가 대지에 발을 딛듯 우리도 창작의 원동력을 얻고 사람의 마음을 움직이는 작품을 쓸 수 있다.

나는 1980년대 초부터 문학 창작을 시작해 지금까지 이십여 년 동안 꾸준히 민중의 생활을 바라보고 내 고통을 민중의 고통과 하나로 여기며 '촌놈'의 본색을 지켜 왔다. 똑똑한 이들의 빈정거림을 피할 수는 없었지만 난 그것을 오히려 자랑으로 여긴다. 《투명한 당근》, 《홍가오량 가족》,《티엔탕 마을 마늘종 노래》,《풀 먹는 가족》,《술의 나라》,《풍유비둔》,《단향형》 등의 작품은 모두 내가 살아온 시대의 반영이다. 역사 속 삶을 묘사한 대목도 일부 있지만 그 속에 스며들어 있는 것은 현재를 살아가는 작가의 강렬한 정서이므로 결국 현실 생활을 반영한 당대성을 지닌다. 그중 대부분의 작품은 내가 가장 익숙한 삶을 쓰고 내 감정을 토로한 것이다. 다행히도 개인의 고통과 다수의 고통이 맞닿았기에, 자아에서 출발한 창작이라도 일정한 보편성을 지니고 어느 정도의 민중성을 얻을 수 있었다.

젊고 혈기 왕성하던 시절에는 '예술은 삶에서 비롯된다'는 이 기본 상식에 의문을 품은 적도 있었다. 그러나 나이가 들고 창작 경험이 쌓이면서 깨달았다. 순전히 상상만으로 지어냈다고 자부하는 창작조차도 결국 삶을 반영하며, 자신의 경험을 토대로 한 산물이라는 사실을.

근래 들어 나는 점점 창작의 위기를 느낀다. 개인적인 재능이 소진되어서가 아니라 삶에서 멀어지고 낯설어져서다. 이는 나만의 문제가 아니라 많은 동료 작가의 문제이기도 하다. 글쓰기로 높은 지위와 녹봉을 얻고, 호화저택에 살며, 좋은 차를 굴리고, 꽃다발과 박수에 둘러싸

이면, 작가는 땅에 발을 붙이지 못한 토행손과 안타이오스처럼 힘의 근원을 잃고 만다. 겉으로는 인정하지 않고 그럴듯한 소리를 늘어놓으며 여전히 힘이 넘친다고 믿을지라도 사실 마음만 굴뚝 같을 뿐 능력이 따라 주지 않는다.

　작가의 작품이 쌓이고 명성이 높아질수록 물질생활에서는 민중과 점점 멀어지게 되는데, 그보다 더 무서운 점은 작가와 대중 사이의 마음의 거리마저 벌어진다는 것이다. 작가는 더 영예로운 호칭, 더 비싼 명품, 더 많은 부, 더 안락한 생활에 자꾸만 눈길이 끌리고, 자기도 모르는 사이에 정신은 평범하고 나태하게 변한다. 그는 더 이상 사무치는 고통과 강렬한 애증을 느끼지 못하고, 사랑하거나 미워할 능력마저 상실하게 된다. 틈만 나면 자신의 성공과 부를 과시하고 부와 위대함을 혼동하며 잔꾀를 지혜로 착각한다. 고상한 취미를 좇고, 돈을 펑펑 쓰며 사치와 허영에 도취해 희희낙락한다. 가십거리나 해괴한 일화들을 수집하고 퍼뜨리는 데 열을 올리며, 쓰레기 같은 정보에 탐닉하여 즐거워한다. 이런 정신 상태에서의 글쓰기는 비록 겉으로는 으스대며 여전히 갈채를 받을 수 있을지 몰라도, 실상은 진정성이 결여된 문학 유희에 지나지 않

는다. 이런 결말이 한 작가에게 가장 큰 비애임은 두말할
나위도 없다.

이런 결과를 피하기 위한 길은 여러 가지가 있다. 말
년의 톨스토이처럼 집을 떠날 수도 있고, 프랑스 화가 고
갱처럼 모든 것을 내던지고 남태평양 군도로 날아가 원주
민과 함께 살 수도 있다. 하지만 그렇게까지 결연할 수 없
다면 적어도 가능한 한 민중과 가까운 거리를 유지해야
하고, 무엇보다도 사상적으로 방심하지 말아야 한다. 자
신이 어디에서 왔는지 잊지 말고, 상류층인 체 거들먹거
리지 않으며, 자기보다 불행한 이를 조롱하지 말아야 한
다. 또 자신이 얻은 모든 것에 대해 감사와 부끄러움을 함
께 느끼고, 스스로 남들보다 똑똑하다고 여기지 말고, 모
든 사람을 조롱의 대상으로 삼지 말아야 한다. 뜨거운 열
정으로 거대한 세계를 바라보고, 인간의 고통에 대한 연
민과 관심을 잃어서는 안 된다. 한마디로 타인을 너무 나
쁘게 생각하지 말고, 자신을 너무 좋게 생각하지 말아야
한다.

그렇다. 우리는 지금 인간의 욕망이 들끓고 모순이
뒤얽힌 시대에 살고 있다. 그러나 과거도 사실 크게 다르
지 않다. 백여 년 전 디킨스는 그의 명작《두 도시 이야기》

의 첫머리에 이렇게 썼다.

"최고의 시대면서 최악의 시대였다. 지혜의 시기면서 어리석은 시기였다. 믿음의 시간이면서 불신의 시간이었다. 광명의 계절이자 암흑의 계절이었다. 희망을 품은 봄이면서 절망에 눌린 겨울이었다. 사람들 앞에는 온갖 것이 있었고, 사람들 앞에는 아무것도 없었다. 사람들은 곧장 천국에 오르고 있었고, 또한 곧장 지옥으로 떨어지고 있었다."

이런 시대를 마주한 작가는 냉정함을 잃지 말아야 한다. 넘쳐나는 매체가 만들어 내는 쓰레기 정보와 요란한 사회의 거품을 헤치고, 인류의 정서가 스민 소박한 삶을 체험하고 관찰해야 한다. 오직 민중의 소박하고 평범한 생활만이 삶의 주류다. 그런 삶이어야만 그 속에 진정한 정서와 진정한 창조성, 진정한 인간의 정신이 조용히 솟아난다. 그리고 그런 삶이야말로 문학의 진정한 원천이다.

물론 작가는 자기 창작 안에서 대담하게 혁신해야 하고, 다양한 예술적 수단을 과감하게 구사해야 삶을 다룰 수 있으며, 전통적 현실주의의 배신자로서 발자크와 톨스토이에게 맞서야 한다. 또 당연히 그럴 수 있다. 그러나 발 자크와 톨스토이로 대표되는 비판적 현실주의 작가들이 현실 생활에 대해 품었던 비판과 회의의 정신, 그들의 작 품을 관통하는 인간의 운명에 대한 깊은 관심과 현실 앞 에서 절대 타협하지 않는 태도는 우리가 영원히 지켜야 할 규범이다.

우리는 인간의 운명에 대해 관심을 품고, 작품 속에 진정한 감정을 쏟아부어야 한다. 이는 어느 특정 계층의 비위를 맞추기 위함도, 가식으로 독자의 눈물을 자극하기 위함도 아니다. 인간의 영혼에 가까이 다가가고, 시대의 병소를 드러내기 위함이다. 인간의 영혼과 시대의 병소에 다가가려면 먼저 자신의 영혼과 병소를 응시해야 한다. 그리고 무엇보다 자신에게 가차 없이 죄를 물어야 한다. 그것이 단순한 참회에 그쳐서는 안 된다.

작가는 모든 사람을 사랑할 용기를 가져야 하며, 심 지어 자기 적까지 사랑할 용기를 가져야 한다. 반면 자신 을 사랑해서는 안 되고, 자신을 가엾게 여기거나 스스로 에게 관대해서도 안 된다. 글쓰기 과정에서 자신을 가장 악랄하고, 가장 용서할 수 없는 적으로 대해야 한다. 선한 사람을 악인으로, 악인을 선한 사람으로, 자신을 죄인으로 그리는 것이 나의 예술적 변증법이다.

오락에 푹 빠진 이 시대에 진정한 문학 창작과 문학 비평, 독서는 수많은 오락거리에 밀려 점차 주변으로 밀려나고 있다. 이런 시대에 문학은 사람의 마음을 지배하는 '오락의 유령'에 비굴하게 아첨해서는 안 된다. 오히려 문학은 그 무엇도 대체할 수 없는 고유한 본질에 집중해 스스로 존엄을 지켜야 한다. 물론 독자가 일부 작가를 좌지우지하기도 하지만, 진정한 작가는 자기 독자를 스스로 만들어 낸다.

우리가 살고 있는 이 시대는, 문학에서만큼은 디킨스의 그 묘사 그대로다. "최고의 시대면서 최악의 시대다." 우리가 토행손과 안타이오스에게서 교훈을 얻고, 자기 약점을 분명히 알고 마음에 새기며, 언제나 대지에 발을 디딘 채 민중의 평범한 삶에서 멀어지지 않는다면, '인류의 공통된 장점과 약점을 폭로하고 인간의 장점이 창조한 찬란한 것들과 인간의 약점이 초래한 비극을 드러내며, 인간 영혼의 복잡성과 선악미추 사이의 흐릿한 경계를 섬세히 보여 주고 그 흐릿한 지대에 한 줄기 빛을 비추는 작품'을 쓸 수 있다. 이것이 바로 내가 생각하는 위대한 작품의 정의다. 아마 우리는 평생을 바쳐도 그런 작품을 쓰지 못

하겠지만, 그런 야망을 품는 편이 야망조차 품지 않는 것
보다는 훨씬 낫다.

2007년 10월

하겠지만, 그런 야망을 품는 편이 야망조차 품지 않는 것
보다는 훨씬 낫다.

영감이 개처럼
내 뒤에서 짖어 댄다

삼십여 년 전 내가 막 글쓰기를 배우기 시작했을 때였다. 영감을 찾겠다며 한밤중에 집을 나서 달빛을 맞으며 강둑을 따라 걷다가 새벽닭이 울 무렵이 되어서야 집으로 돌아오곤 했다.

소년 시절 나는 유난히 겁이 많아 밤에는 밖에 나가지 못했고, 낮에도 혼자서 밭에 들어갈 엄두조차 내지 못했다. 다른 아이들은 광주리에 풀을 가득 담아 돌아왔지만 난 늘 광주리를 다 채우지 못했다. 내가 겁이 많은 걸 아는 어머니는 "도대체 뭐가 무섭니?" 하고 여러 번 물었다. 그럴 때마다 나는 "뭐가 무서운지는 모르겠는데 그냥 무서워요." 하고 대답했다. 혼자 걷고 있으면 늘 뒤에서 뭐가 따라오는 것 같았고, 혼자 밭에 가면 언제라도 뭐가 불쑥 튀어나올 것만 같았다. 큰 나무 곁을 지날 때면 위에서 무언가가 갑자기 뛰어내릴 것 같고, 무덤 옆을 지날 때면 그 속에서 무언가가 튀어나올 것만 같았다. 강물의 소용돌이 속에도 이상한 것이 숨어 있을 것 같았다. 나는 어머니에게 말했다. "정말로 뭐가 무서운지는 모르겠어요. 그냥 무서워요." 그러자 어머니가 말했다. "세상 모든 게 사람을 무서워해. 독사도, 맹수도, 요괴들도 사람을 무서워하지. 그러니 사람은 무서울 게 없어." 어머니 말을 믿었지만 그래도 무서웠다. 나중에 군인이 되어 야간 보초를 설 때도 탄창에 총알 서른 발이 꽂힌 기관단총을 품에 안고 있었지만 여전히 무서웠다. 혼자 보초를 설 때면 누군가 등 뒤에서 내 목덜미에 숨을 불어넣는 것처럼 섬뜩했다. 휙 뒤를 돌아보면 언제나 아무도 없었다.

내 담력이 세진 건 전적으로 문학 덕분이다. 어느 해 고향에서 휴가를 보내던 중, 한밤중에 잠이 깼는데 창살 사이로 달빛이 스며들고 있었다. 나는 옷을 챙겨 입고 살금살금 집을 나와 골목을 따라 강둑으로 갔다. 머리 위로 밝은 달이 떠 있고, 마을은 고요했으며, 강물은 은빛으로 반짝이고 만물이 적막했다. 마을을 벗어나 들판으로 들어서자 왼편에는 강이 흐르고, 오른편에는 옥수수와 수수가 펼쳐져 있었다. 모두 잠든 시간에 오직 나만 깨어 있었다. 문득 큰 횡재를 한 것처럼 기뻤다. 이 광활한 들판, 이 무성한 곡식, 이 드넓은 하늘과 찬란한 달이 모두 날 위해 준비된 듯했다. 그러자 갑자기 위대한 사람이 된 것 같은 기분이 들었다. 달밤 산책은 문학을 위한 것이고, 문학가는 남달라야 하며, 많은 문학가가 평범한 사람은 감히 하지 못하거나, 하기 싫어하는 일을 해 왔다는 걸 알고 있었으므로, 이 달밤 산책으로 나도 범속한 사람들 틈에서 벗어나 특별해졌다고 느꼈다. 물론 사람들 눈에는 아주 가소롭고 엉뚱해 보였을 것이다.

나는 고개를 들어 달을 보고, 고개를 숙여 풀잎을 보고, 귀를 기울여 강물 소리를 들었다. 또 수수밭에 들어가 수수가 자라는 소리를 듣고, 땅에 엎드려 대지의 진동을 느끼고 흙냄새를 맡았다. 많은 것을 얻었지만, 그게 무엇인지는 알 수 없었다.

한밤중에 나갔다가 새벽녘에 들어오는 일이 몇 번 반복되자 부모님도 물론 눈치챘지만 어딜 다녀오는지 한 번도 묻지 않았다. 다만 어느 날 어머니가 아버지에게 이렇

게 말하는 것을 들었다.

"쟤는 어릴 때는 겁이 많아서 해만 지면 밖에 나가지도 못하더니 이제는 담이 세졌나 봐."

문학의 효용이 무엇이냐는 질문을 수없이 받고 답하면서도, 한 번도 어머니 말씀을 떠올리지 못했다. 지금 문득 생각난 김에 서둘러 말해야겠다. 누군가 또 내게 문학의 기능이 무엇이냐고 묻는다면 나는 이렇게 답할 것이다. "문학은 사람을 담대하게 한다."

진정한 담대함은 눈 하나 깜짝 않고 사람을 죽이는 것도 아니고, 죽음을 두려워하지 않는 것도 아니다. 군중심리에 휩쓸리지 않고 독립적인 사고를 유지하며, 여론에 휘둘리지 않고 자기 양심이 가리키는 대로 말하고 행동하는 정신이다.

그 밤하늘 아래에서 나는 물론 어떤 영감도 찾지 못했지만 영감을 찾는 느낌을 체험했다. 그리고 그 밤들에 느낀 모든 것은 훗날 내 영감의 토대가 되었다.

처음으로 '영감이 샘솟는' 느낌을 받은 것은 1984년 겨울, 《투명한 당근》을 쓸 때였다. 당시 나는 해방군예술학원에서 공부하고 있었다. 어느 날 아침 기상나팔이 울리기 전, 넓은 당근밭 한가운데 있는 초가집을 보았다. 붉

은 해가 솟아오르며 천지가 눈부시게 빛났는데 태양이 떠
오르는 쪽에서 붉은 옷을 입은 풍만한 여인이 걸어왔다.
그녀의 손에는 작살이 들려 있고, 작살 끝에 거의 투명하
게 반짝이는 당근이 꿰어져 있었다.

그 꿈결 같은 장면이 나를 몹시 흥분시켰다. 나는 곧
장 책상에 앉아 빠르게 써 내려갔고, 단 일주일 만에 초고
를 완성했다. 물론 꿈 하나로 소설 한 편이 완성된 것은 아
니고, 아무 이유 없이 그런 꿈을 꾸었던 것도 아니다. 꿈은
내 과거와 그때 생활에서 나온 것이다. 그 꿈이 내 기억을
깨우고, 소년 시절 교량 공사장에서 대장장이의 도제로
일하던 시절로 나를 데려갔다.

《투명한 당근》을 완성한 지 얼마 되지 않아 가와바타
야스나리의 소설 《설국》에서 이런 문장을 읽었다. "검고
늠름한 아키타개가 그곳의 댓돌 위에 올라앉아 오래도록
그 물을 핥고 있었다." 이 문장을 읽자마자 생생한 장면이
눈앞에 펼쳐졌다. 눈이 하얗게 덮인 길가 웅덩이에서 열
기가 아지랑이처럼 피어오르고, 검은 개가 붉은 혀를 내
밀어 뜨거운 물을 홀짝홀짝 핥고 있는 광경이었다. 이 문
장은 단지 한 폭의 그림이 아니라, 하나의 선율이자 음조
였고, 하나의 서술 시점이자 소설 한 편의 시작이었다. 그

순간 내 고향 가오미 둥베이향의 이야기가 머릿속에 떠올라 이렇게 썼다. "가오미 둥베이향의 토종개는 덩치 크고 흰 털이 덥수룩하며 성격이 온순한데 몇 대를 거치고 나서는 순종을 찾아볼 수 없었다." 이 몇 줄이 바로 나의 가장 유명한 단편 〈백구와 그네〉의 도입부다. 처음 몇 문장으로 소설 전체의 음조가 결정되자 글쓰기는 물 흐르듯이 이어졌다. 마치 모든 것이 이미 쓰여 있고 나는 그저 받아 적기만 하면 되는 것처럼.

사실 가오미 둥베이향에는 애초에 그런 '덩치 크고 흰 털이 덥수룩하며 성격이 온순한 개'는 존재하지 않았다. 그건 가와바타의 검은 개가 불러낸 영감의 산물이었다.

그 시절 나는 책을 사러 서점에 자주 갔다. 그중에는 형편없는 책도 있었지만, 아무리 엉성하게 쓴 책이라도 좋은 문장 하나쯤은 있게 마련이고, 그 한 문장이 영감을 불러와 한 편의 소설이 시작될 수도 있다고 나는 믿었다.

신문 기사에서 영감을 얻은 적도 있다. 이를테면 장편소설 《티엔탕 마을 마늘종 노래》는 산둥의 어느 현에서 실제로 일어난 사건에서 착안했고, 중편소설 《붉은 메뚜기》는 친구가 쓴 가짜 뉴스에서 첫 영감을 얻었다.

우연한 장면에서 영감을 얻은 적도 있다. 이를테면

지하철역에서 쌍둥이에게 젖을 먹이는 여자를 보고 장편 《풍유비둔》을 떠올렸고, 어느 절의 벽화에 그려진 육도윤회도를 보고 장편《인생은 고달파》의 주제를 구상했다.

영감을 얻는 방식은 사람마다 천차만별이고, 대부분 예기치 않은 순간에 불쑥 찾아온다. 예전의 나처럼 영감을 찾겠다며 한밤중 들판으로 뛰쳐나가는 건 어리석은 짓이다. 그 일은 지금도 내 고향에서 웃음거리로 오르내리곤 한다. 한 작가 지망생이 나를 흉내 내어 한밤중에 영감을 찾으러 나갔다가 순찰하던 경찰에게 도둑으로 몰려 경찰서에 끌려갈 뻔했다는 이야기도 들었다. 그 일 자체로도 소설 한 편이 된다.

영감은 분명 존재한다. 하지만 어떤 방식으로 얻었든, 그것이 작품이 되려면 방대한 작업과 수많은 재료가 필요하다. 영감은 작품 구상 단계에서만 나타나는 것이 아니다. 집필 도중에도 찾아오며, 오히려 창작 도중에 얻은 영감이 더 중요할 때가 많다. 멋진 한 문장, 생생한 대화, 심오한 의미가 담긴 디테일까지, 어느 하나 영감의 빛을 필요로 하지 않는 것이 없다.

영감의 빛에 둘러싸인 작품은 훌륭한 작품이 되고, 영감이 부족하면 평범한 작품에 머문다. 영감이 떠오르길

바란다면 삶으로 깊숙이 들어가야 한다. 영감이 자주 찾아오길 바란다면 책과 신문을 많이 읽어야 하고, 영감이 끊이지 않길 바란다면 몸에 군살이 붙지 않게 관리하듯 '입은 닫고, 몸은 부지런히 움직여야 한다.' 그런 의미에서 본다면 한밤중에 들판으로 달려 나가는 일도 꼭 나쁘지만도 않다.

2015년 6월 13일

귀로 읽는
세상

나는 시골에서 긴 청소년기를 보냈다. 그 시절 이웃 몇 개 마을에 있던 책들까지 다 읽고 나자 책과 완전히 멀어졌다. 그 후 내가 얻은 지식은 대부분 귀로 들은 것이다. 많은 작가가 이야기를 재밌게 들려주는 할머니 밑에서 자랐고, 또 많은 작가가 그 할머니의 이야기에서 문학의 첫 영감을 얻었듯이, 내게도 이야기꾼 할머니가 있었고, 나 역시 할머니의 이야기에서 문학의 양분을 얻었다. 하지만 내게는 그보다 더 큰 자랑이 있다. 이야기꾼 할머니뿐 아니라, 이야기꾼 할아버지, 또 그 할아버지보다 더 훌륭한 이야기꾼인 큰할아버지, 즉 할아버지의 형님도 있었다는 점이다. 아니, 그분들뿐만 아니라, 마을에서 나이가 지긋한 사람이라면 누구나 이야기보따리를 하나씩 품고 있었다. 나는 그들과 한마을에서 수십 년을 살며 셀 수 없이 많은 이야기를 들었다.

그들의 이야기는 신비롭고 무섭지만, 동시에 사람을 끌어당기는 매력이 있었다. 그들의 이야기 속에서는 죽은 자와 산 자의 경계가 모호하고, 동식물의 구분도 뚜렷하지 않았으며, 심지어 빗자루나 머리카락, 빠진 이 같은 물건조차 정령이 될 수 있었다. 그들의 이야기 속에서는 죽은 사람이 멀리 떠나는 것이 아니라 우리 곁에 머물며 몰래 우리를 지켜보고, 보살피고, 때로는 감시도 했다. 그런 이야기를 들으며 자란 덕분에 나는 어린 시절 나쁜 짓을 거의 하지 않았다. 몰래 나를 지켜보고 있는 조상에게 벌을 받을까 봐 겁났기 때문이다. 반대로 착한 일은 많이 하려고 했다. 착한 일을 하면 언젠가는 반드시 상을 받을 거라고 믿었기 때문이다. 그들의 이야기 속에서 대부분의 동물은 사람으로 변신할 수 있었고, 인간과 교류하며 심지어 사랑에 빠져 결혼하고 자식을 낳았다.

할머니에게서 인간과 사랑에 빠진 수탉 이야기를 들은 적이 있다. 어느 집에 혼기가 찬 아름다운 딸이 있었는데, 많은 중매가 들어와도 딸은 이미 마음에 둔 사람이 있다며 한사코 시집을 가지 않겠다고 버텼다. 수상하게 여긴 어머니가 유심히 지켜보니, 정말로 밤이 깊어 모두 잠든 뒤 딸의 방에서 남자 목소리가 새어 나왔다. 게다가 아주 근사한 목소리였다. 어머니가 이튿날 그 남자가 누구인지, 딸의 방에 어떻게 들어가는지 꼬치꼬치 캐묻자 딸이 말했다.

"그 젊은이가 밤마다 찾아왔다가 동이 트기 전에 조용히 사라져요. 올 때마다 아주 화려한 옷을 입고 와요."

어머니는 그가 또 찾아오면 이번에는 옷을 숨기라고 일렀다. 그날 밤 남자가 찾아오자 딸은 그의 옷을 몰래 장롱에 감췄다. 동이 트기 전 돌아가려던 남자는 옷을 찾지 못해 어쩔 줄 몰라 했다. 남자가 애원했지만, 딸은 끝내 돌려주지 않았다. 마침 마을의 닭들이 울기 시작하자 남자는 어쩔 수 없이 벌거벗은 채 사라졌다. 그날 아침 어머니가 닭장에 들어가 보니 온몸의 털이 몽땅 뽑힌 듯한 커다란 수탉이 있었다. 딸에게 장롱을 열어 보라고 하자 그 안에는 옷 대신 닭털이 수북이 들어 있었다. 내가 어린 시절들은 이야기 중 제일 기억에 남는 것 중 하나다. 그 후로는 화려한 깃털을 지닌 수탉이나 잘생긴 청년을 볼 때마다 둘 사이에 무언가 비밀스러운 관계가 있는 듯해 묘한 기분이 들었다. 수탉이 청년으로 변했을까, 청년이 수탉으로 변했을까 하고 말이다.

내 고향에서 삼백 리 떨어진 곳이 바로 중국에서 귀신 이야기를 가장 잘 쓰는 작가 포송령의 고향이다. 나는 작가가 된 뒤에야 그의 책을 읽고, 거기에 실린 이야기들 중 상당수가 어린 시절 내가 들었던 이야기들이라는 걸 알았다. 그때는 포송령이 내 조상들에게 이야기를 듣고 쓴 건지, 아니면 내 조상들이 그의 책에서 그 이야기를 읽고 퍼뜨린 건지 궁금했다. 지금은 물론 그의 책과 내가 들은 이야기들의 연관성을 알고 있다.

내 조부모 세대에게 들은 이야기는 대부분 귀신과 요괴의 이야기였다. 부모 세대는 주로 역사 이야기를 들려주었지만, 그 역시도 전설적인 요소가 더해져 교과서 속 역사와는 전혀 달랐다. 민간에서 구전되는 역사는 영웅 숭배와 운명론의 색채가 짙어, 비범한 의지와 체력을 가진 사람만이 그 역사에 낄 수 있었고, 반복적으로 구전되는 과정에서 더욱 미화되고 가공되었다. 그들의 신비한 이야기 속에서는 옳고 그름의 경계조차 모호했다. 설령 도둑이나 산적, 기생이라고 해도 재능이 탁월하거나 배포가 대단하거나 절세미인이기만 하면 이야기의 주인공이 될 수 있었고, 사람들은 늘 찬탄의 어조와 동경의 눈빛으로 그들의 이야기를 입에서 입으로 전했다.

나이가 지긋한 어른들만이 아니라, 젊은이도, 심지어 아이들도 이야기했다. 내가 열몇 살 때 다섯 살배기 이웃 아이에게 들은 이야기가 아직도 기억난다.

"서커스단의 곰이 원숭이에게 말했어. '난 도망칠 거야.' 원숭이가 물었어. '여기도 좋은데, 왜 도망쳐?' 곰이 말했어. '너야 좋겠지. 주인이 널 좋아해서 매일 사과랑 바나나를 주니까. 하지만 난 맛없는 음식이나 겨우 얻어먹고 목에는 쇠사슬까지 걸려 있어. 주인은 툭하면 채찍질을 하지. 이런 생활은 이제 지긋지긋해. 도망칠 거야.'"

내가 "그 곰이 도망쳤니?" 하고 묻자 아이가 대답했다.

"아니."

"왜?"

"원숭이가 주인한테 일렀거든."

난 오랜 세월 이렇게 귀로 글을 읽었는데, 민간 희곡, 특히 내 고향의 전통극 '무강(茂腔)'에서 큰 영향을 받았다. 무강의 구슬프고 처량한 노래와 독특한 연기에는 가오미 둥베이향 사람들의 고된 삶이 그대로 녹아들어 있다. 내 청소년기에 무강의 곡조가 늘 곁에 있었다. 농한기에 마을에서 극단을 꾸려 공연을 하면 나도 무대에 올랐다. 물론 나는 늘 익살스러운 광대역을 맡았고, 분장도 필요 없었다. 무강은 가오미 둥베이향 사람들의 열린 학교이자 민간 축제였으며, 가슴이 후련하도록 한바탕 놀 수 있는 기회였다. 통속적이고 거칠지만 일상을 솔직하게 담아내는 민간 희곡은 귀족화된 소설 언어에 새로운 질감을 부여할 수 있다. 내 장편소설《단향형》이 바로 이 무강의 언어를 빌려 소설 언어를 새롭게 바꿔 보려 한 시도였다.

사람의 목소리뿐 아니라 자연의 소리에도 귀를 기울였다. 홍수가 밀려오는 소리, 식물이 자라는 소리, 동물들의 울음소리 등등. 그중에서도 가장 잊히지 않는 것은 수천수만 마리 개구리가 한꺼번에 울어 대는 소리였다. 그야말로 진정한 대합창이었고, 그 웅장한 소리에 귀가 먹먹할 정도였다. 개구리의 초록빛 등과 볼 옆에서 부풀었다가 가라앉았다 하는 울음주머니가 수면을 가득 채운 광경은 소름 끼치도록 섬뜩하면서도 무수한 상상을 자극했다.

나는 정규 교육을 많이 받지 못했지만, 이렇게 '귀로

하는 독서’를 통해 훗날 글쓰기를 위한 토대를 다졌던 셈이다. 스무 해 넘도록 귀로 세상을 읽으며 자연과 친해지고 역사관과 도덕관을 키웠으며, 무엇보다 풍부한 상상력을 기르고 동심을 오래도록 지킬 수 있었다. 내가 이런 작가가 되어 이런 방식으로 글을 쓰며 이런 작품을 창작할 수 있었던 것은 바로 그 스무 해 넘게 이어진 ‘귀로 하는 독서’ 덕분이다. 그리고 내가 지금껏 멈추지 않고 글을 쓰고, 하늘 높은 줄 모르는 자신감을 잃지 않을 수 있었던 것 또한 귀를 통해 얻은 풍요로운 자산 덕분이다.

2001년 5월 17일

코로 쓰는
소설

나폴레옹은 눈을 가려도 냄새만으로 고향 코르시카 섬을 찾아갈 수 있다고 말했다. 코르시카의 바람에는 그곳에서만 나는 어느 식물의 향기가 섞여 있기 때문이다.

러시아 작가 미하일 숄로호프도 소설 《고요한 돈강》에서 유난히 발달한 후각을 보여 주었다. 그는 돈강의 물 냄새, 초원의 풋내, 건초 냄새, 썩은 풀 냄새, 말의 땀 냄새, 그리고 카자크* 남녀의 체취까지 묘사했다. 그는 소설 서문에서 "아, 우리들의 아버지 고요한 돈강이여!"라고 했

* 14세기부터 러시아 남부 돈강과 우크라이나 남부 초원 지역에서 살아온 민족 집단. 카자크는 튀르크어로 '자유인', '얽매이지 않은 자들'이란 뜻이다.

다. 돈강의 냄새와 카자크 초원의 냄새는 곧 그의 고향 냄새였다.

중러 국경의 우수리강에서 태어난 연어는 깊은 바다에서 자라 산란기가 되면 만 리 길을 거슬러 다시 고향으로 돌아간다. 그들이 숱한 고비를 넘기며 고향으로 돌아가는 목적은 단 하나, 알을 낳아 번식하는 것이다. 이 불가사의한 능력은 오래도록 수수께끼였지만, 최근 어류학자들이 그 비밀을 밝혀냈다. 연어는 코가 뚜렷하게 돌출되어 있지는 않지만 후각이 매우 발달해 있으며 냄새를 기억하는 능력이 있었다. 그 덕분에 연어는 태어난 강의 냄새를 기억하고, 그 기억을 나침반 삼아 거센 풍랑과 물살을 헤치며 죽음을 무릅쓰고 고향으로 돌아간다. 고향에 닿지 못하고 죽는 연어도 많지만, 살아남은 연어들은 상처투성이 몸으로 고향에 돌아와 번식의 임무를 완수한 뒤 후회 없이 생을 마친다. 어머니와도 같은 강의 냄새는 그들에게 방향을 알려 주는 이정표이자 고난을 이기는 힘이다.

어떤 의미에서 연어의 일생은 작가의 일생과 닮았다. 작가의 창작도 고향의 냄새를 더듬어 고향으로 되돌아가는 과정이다.

녹음기, 캠코더, 인터넷이 등장한 오늘날, 소설의 묘사 기능은 이미 심각한 도전을 받았다. 아무리 아름답고 정교한 문장도 카메라 렌즈만큼 있는 그대로 담아낼 수는 없다. 하지만 단 하나, 냄새만은 아직 어떤 기계도 재현하지 못한다. 이것이 바로 오늘날 소설가들에게 마지막 남은 영토다. 물론 이 영토도 오래 지켜지지는 못할 것이다. 과학자들은 머지않아 냄새를 저장하는 기계를 발명하고, 곧 냄새까지 재현하는 영화와 텔레비전이 등장할 것이다. 그러므로 그런 기계가 발명되기 전에 다채로운 향기가 흘러넘치는 소설을 써야 한다.

나는 냄새가 풍기는 소설을 좋아한다. 냄새를 품은 소설이 좋은 소설이고, 그만의 독특한 향을 가진 소설이 가장 훌륭한 소설이라고 생각한다. 또 작품 속에 냄새를 담아낼 줄 아는 작가가 좋은 작가고, 독특한 냄새가 흘러넘치는 작품을 쓸 줄 아는 작가야말로 가장 훌륭한 작가라고 믿고 있다.

작가가 되려면 예민한 코가 필요할 수도 있다. 하지만 후각이 예민하다고 해서 모두 작가가 되는 것은 아니다. 코가 예민하기로는 사냥개를 따라갈 수 없지만 사냥개가 작가는 아니지 않은가. 많은 훌륭한 작가가 심각한

비염을 앓았어도 독특한 향기를 가진 작품을 쓰는 데는 아무런 방해가 되지 않았다. 내가 말하려는 요지는 작가라면 냄새에 대한 풍부한 상상력이 반드시 필요하다는 것이다. 창의력이 뛰어난 작가라면 그가 창조한 인물과 장면에서 독특한 향기가 풍겨야 한다. 그런 예는 많다.

독일 작가 파트리크 쥐스킨트의 《향수》에는 초인적인 후각을 가진 인물이 등장한다. 그는 세상의 온갖 냄새를 탐색하고 향수를 만드는 사악한 천재였다. 그런 천재가 태어날 수 있는 곳은 프랑스 파리뿐이었다. 그 잔혹한 천재의 머릿속에 거의 모든 사물의 냄새가 저장되어 있었다. 그는 그 수많은 냄새를 비교한 끝에 세상에서 가장 아름다운 냄새는 사춘기 소녀의 체취라는 결론을 내린다. 그는 고도로 예민한 후각을 이용해 아름다운 소녀를 스물넷이나 살해한 뒤 그들의 체취를 추출해 향수를 만드는데, 그 신비한 향수를 뿌리자 사람들은 그의 추악함을 잊고 그에게 한없는 사랑을 느낀다. 살해당한 소녀의 아버지조차 딸보다 그를 더 사랑하게 된다. 그는 인간의 후각을 지배하는 자가 세상을 가질 것이라고 굳게 믿는다.

마르케스의 《백년의 고독》에는 방귀를 뀌어 꽃을 시들게 하거나, 깜깜한 밤중에 냄새를 따라 좋아하는 여자를 찾아가는 인물이 나온다.

윌리엄 포크너의 《소리와 분노》에도 추위의 냄새를 맡는 인물이 등장한다. 원래 추위는 냄새가 없지만 포크너는 그렇게 썼고, 우리도 그것을 지나친 과장이라고 느끼지 않는다. 오히려 매우 강렬하고 생생한 묘사로 기억한다. 그가 지적장애가 있는 인물이어서다.

이 예시들을 간단히 분석해 보면 소설에는 두 가지 냄새가 있다는 걸 알 수 있다. 다시 말하면, 소설에 냄새를 담는 두 가지 방법이 있다고도 하겠다. 하나는 사실적 기법으로 작가의 삶, 특히 고향의 기억에 따라 사물에 냄새를 부여하는 것이다. 이것은 냄새로 사물을 묘사하는 방식이다. 다른 하나는 작가의 상상력을 이용해 냄새가 없는 사물에 냄새를 불어넣거나, 냄새가 있는 사물에 다른 냄새를 입히는 것이다. 추위는 실체가 없으므로 냄새가 나지 않지만, 포크너는 추위에 냄새를 부여했다. 죽음도 형태가 없고 냄새도 없지만 마르케스는 죽음의 냄새를 맡는 인물을 만들어 냈다.

물론 냄새만으로는 소설이 완성되지 않는다. 작가는 소설을 쓸 때 모든 감각을 동원해야 한다. 미각, 시각, 청각, 촉각, 그리고 이 모든 감각을 넘어선 또 하나의 신비한 감각까지. 그래야 소설이 살아 숨 쉬게 된다. 더 이상 생명력 없는 문자 더미가 아닌, 냄새, 소리, 온기, 형태, 감정을 가진 살아 있는 존재가 된다. 우리가 처음 글쓰기를 배울 때 흔히 빠지는 함정이 있다. 현실에서 실제로 일어나는 많은 이야기가 아무리 드라마틱하고 감동적이라고 해도, 있는 그대로 소설에 옮겨 놓으면 왠지 거짓말처럼 보이고 감동이 사라진다. 반면 훌륭한 소설은 작가가 꾸며낸 이야기임을 알면서도 깊이 감동하게 된다. 왜 그럴까? 실제 이야기를 쓸 때 우리가 창조자라는 사실을 잊고 후각, 시각, 청각 등 모든 감각을 동원하지 않기 때문이다. 위대한 작가의 작품이 실제보다 더 실제처럼 느껴지는 까닭은 작가가 소설을 쓰는 동안 모든 감각을 동원하고 자기 상상력을 발휘해 수많은 기이한 감각을 창조한다는 데 있다. 이것이 바로 인간이 딱정벌레로 변할 수 없다는 걸 분명히 알면서도 우리가 카프카의 〈변신〉에서 사람이 딱정벌레로 변한 이야기를 읽고 감동하는 근본 원인이다.

물론 작가는 언어로 써야 한다. 냄새, 색, 온도, 형태, 이 모든 감각은 언어를 매개로, 즉 언어를 통해 만들어진다. 언어 없이는 아무것도 존재할 수 없다. 문학이 번역될 수 있는 것도 언어가 구체적인 내용을 담고 있어서다. 그러므로 번역을 수월하게 하기 위해서라도 소설가는 감각을 일깨우는 글을 쓰고, 감각이 살아 있는 세계를 창조해야 한다. 감각이 살아야 감정도 생긴다. 감각이 살아 있지 않은 소설은 독자의 마음을 움직일 수 없다.

우리 기억 속 모든 냄새를 불러내자. 그 냄새를 따라 우리 과거의 삶을 찾고, 우리의 사랑과 고통, 기쁨, 외로움, 소년 시절, 그리고 우리의 어머니까지 모든 것을 찾아가자. 프루스트가 마들렌 냄새를 따라 과거로 돌아갔던 것처럼.

2001년 12월 14일

말이 곧 세상,
말이 곧 존재*

　　많은 사람이 삶의 여러 순간에, 또렷하게 혹은 은연중에 어른이 되고 싶지 않다고 생각한다. 이 흥미로운 문학적 주제는 수십 년 전 독일의 귄터 그라스가 벌써 다룬 바 있다. 일이란 늘 그렇다. 누군가 탁월하게 표현한 것을 다시 표현하려 들면 결국 모방이 되고 만다. 그라스의 《양철북》 속 오스카는 인간 세상의 추악함을 너무 많이 본 나머지, 세 살 때 술 저장고에서 굴러떨어진 후 더 이상 자라지 않기로 결심한다.

---

*　이 글은 《사십일포》에 쓴 모옌의 작가 후기다.

그런데 자라지 않는 것은 그의 몸뿐이었다. 그의 정신은 거의 악마적인 방식으로 끊임없이 성장해 외려 보통 사람보다 훨씬 더 크고 복잡한 정신세계를 형성하게 된다. 현실에서는 불가능한 일이지만, 바로 그렇기에 이런 설정이 소설 속에서 더 깊은 의미를 갖고 독자를 더 깊은 사유로 이끈다.

《사십일포》는 정반대의 길을 간다. 주인공 뤄샤오퉁(羅小通)은 오통신(五通神) 사당에서 승려 란(蘭)에게 어린 시절의 일을 털어놓는다. 그의 몸은 이미 다 자랐지만 정신은 아직 자라지 않았다. 몸은 성인인데 정신은 아직 소년에 머물러 있다. 얼핏 바보처럼 보일 수도 있으나 뤄샤오퉁은 바보가 아니었다. 만약 그가 정말 바보라면 이 소설은 존재 이유를 잃었을 것이다.

성장을 거부하는 심리는 어른 세계에 대한 두려움, 노화에 대한 두려움, 죽음에 대한 두려움, 시간의 흐름에 대한 두려움에서 비롯된다. 뤄샤오퉁은 끊임없는 '말하기'를 통해 지나간 소년 시절을 붙잡으려 한다. 이 책의 작가 역시 글쓰기를 통해 시간의 수레바퀴를 붙잡으려 한다. 마치 물에 빠진 사람이 지푸라기를 붙잡고 가라앉지 않으려 애쓰는 것처럼, 부질없는 일이지만 그것이 곧 자기 위안의 방식이다.

표면적으로는 소설의 주인공이 자기 소년 시절을 회상하는 듯하지만, 사실은 작가가 주인공의 입을 빌려 자신의 소년 시절을 창조하고, 글쓰기를 통해 자기 과거를 붙잡으려고 한다. 소설 주인공의 말로써 소년 시절을 재구성하고, 삶의 창백함에 맞서고, 실패한 노력에 저항하며, 흘러가는 시간 앞에서 버티는 것, 그야말로 글쓰기를 업으로 삼은 이가 유일하게 가질 수 있는 자부심이다. 삶에서 채워지지 않는 결핍을 '말하기'로 메운다.

이는 작가의 자기 구원 방식이기도 하다. 삶의 창백함과 성격의 결함을 화려하고 풍성한 서술로 보완하려는 것은 오래전부터 지속되어 온 창작의 현상이다.

이런 창작 동기를 이해한다면 《사십일포》에서 어떤 이야기가 전개되는지는 그다지 중요하지 않다. 이 책은 '말하기' 그 자체가 주제이며 목적이다. 말하기 위해 말한다. 굳이 이 소설이 어떤 이야기냐고 묻는다면, 한 소년이 주절주절 끊임없이 이야기를 쏟아 내는 이야기라고 하겠다.

이른바 작가란 '말하기'를 통해 생존하고, '말하기' 속에서 만족과 해탈을 얻는 사람들이다. 다른 모든 것과 마찬가지로, 작가도 역시 단번에 올라서는 자리가 아니라 끊임없는 시도의 과정을 거쳐 점차 도달한다. 많은 작가가 성장이 멈춘 아이 또는 어른이 되는 걸 두려워하는 아이에서 벗어나지 못한 채 평생을 살아간다. 물론 그렇지 않은 작가들도 있다. 성장하기를 두려워하면서도 성장을 피할 수 없는 모순이 바로 소설을 만들어 내는 효모다. 여기서부터 무수한 이야기가 생겨난다.

뤄샤오퉁은 거짓말을 입에 달고 살고 아무 말이나 지껄이고, 말할 때 비로소 만족을 얻는 아이다. 그에게는 '말하기'가 궁극적인 목적이다. 이렇게 굽이쳐 흐르는 언어의 물결 속에서 이야기는 그저 언어를 담는 그릇이자 부산물에 불과하다. 사상? 사상이라 부를 만한 것은 없다. 나는 늘 '사상이 없음'을 자랑스럽게 여겨 왔다. 소설을 쓸 때는 특히 더 그렇다.

뤄샤오퉁의 이야기는 소설의 초반에서만 약간의 진실성을 띨 뿐, 갈수록 진실과 허구를 분간할 수 없는 즉흥적인 창작으로 바뀐다. 일단 말을 시작하면 언어는 스스로 굴러가기 시작한다. 이 과정에서 화자는 차츰 말하기의 도구가 된다. 그가 이야기를 하는 것처럼 보이지만, 사실 이야기가 그의 입을 통해 구체화되는 것이다.

화자가 그럴듯한 말투로 이야기하면 진실이 아닌 것도 진짜처럼 들린다. 소설가는 이 '그럴듯한' 말투를 찾아내기만 하면 소설의 성전으로 들어가는 열쇠를 손에 쥔 셈이다. 물론 이것은 어디까지나 내 개인적인 깨달음이다. 얕든 편협하든, 일단은 말해 두고 싶었다. 사실 이런 생각을 내가 처음 해낸 것도 아니다. 나와 비슷한 깨달음을 얻은 작가가 많을 것이다. 다만 표현이 조금씩 다를 뿐이다.

《사십일포》의 몇몇 장면은 예전에 중편소설로 발표한 적이 있지만, 그것이 이 소설의 '새로움'을 해치지는 않는다. 그 삼만 자 분량은 삼십만 자나 되는 이 소설에 비하면 효모 한 덩이에 불과하다. 그 작은 덩어리에 '밀가루'와 '물'을 섞고 온도를 맞추자 맹렬한 기세로 부풀어 올랐다.

뤄샤오퉁이 이야기를 들려줄 때 나이로는 이미 어른이지만, 실제로는 여전히 아이였다. 그는 내가 '어린아이의 시선'으로 쓴 여러 작품 속 아이들 가운데 우두머리 격이다. 그는 언어의 거센 물결로 아이와 어른 사이를 가르는 둑을 허물어뜨렸다. 그 덕분에 내가 쓴 모든 유형의 소설이 이 작품을 기점으로 서로 이어져 하나의 세계가 되었다.

그 책을 쓰는 내내 뤄샤오퉁이 곧 나였지만, 이제 그
는 더 이상 내가 아니다.

2003년 5월

내게 영향을 준 노벨문학상 작가 10인

내 글쓰기 인생은 노벨문학상 수상 작가들의 영향을 받았고, 그들로부터 많은 창작의 영감을 얻었다. 오늘은 그 훌륭한 작가들을 여러분께 소개하고자 한다.

헨리크 시엔키에비치(1905년 노벨문학상 수상자)

시엔키에비치의 〈등대지기〉는 내가 소설 쓰기를 처음 배울 때 읽었다. 그 무렵 나는 단순히 이야기를 읽는 데서 만족하지 못하고 작가의 '언어'를 배우고 싶었기에 이 소설 속에서 바다를 묘사한 대목을 줄줄 외울 정도로 반복해 읽었다. 내 원고를 받아 본 편집자는 내가 섬에서 군 복무를 했거나 어부의 아들인 줄 알았다고 했다.
나는 이 소설을 통해 바다를 살아 있는 존재로 써야 한다는 것을 배웠고, 바다에 관한 수많은 책을 읽은 뒤 산골짜기에 앉아 바다를 주제로 한 소설을 쓰기 시작했다.

윌리엄 포크너(1949년 노벨문학상 수상자)

나는 십수 년 전《소리와 분노》를 샀다가 이 파이프를 문 미국 노인을 만났다. 그 책의 넷째 페이지 마지막 두 줄에 이렇게 적혀 있었다. "철문이 차갑게 느껴지지 않았지만, 환한 차가움의 냄새가 났다." 여기까지 읽고 책을 덮었다. 마치 포크너 영감이 내 어깨를 두드리며 "됐어, 젊은이. 더 읽지 않아도 돼."라고 말하는 것 같았다. 그 순간 나는 깨달았다. 내가 '가오미 둥베이향'의 깃발을 높이 들고, 그곳의 대지, 강, 나무, 농작물, 새와 짐승, 사랑을 좇는 남녀, 건달과 영웅들까지 모두 내 소설 속에 불러다가 나만의 문학공화국을 세워야 한다는 것을. 그 후로는 쓸 거리가 없어서 고민한 적은 없었다. 되레 쓸 거리가 너무 많아 다 쓰지 못할까 봐 고민했다.

미하일 숄로호프(1965년 노벨문학상 수상자)

좋은 소설을 읽을 때 우리는 왜 소설에서 냄새가 배어 나온다고 느끼는 걸까? 숄로호프가 돈강을 묘사한 대목을 읽으면 밤에 물고기를 잡는 장면에서 비릿하고 차가운 물 냄새가 나고, 물고기 비늘이 몸에 닿는 것 같은 느낌과 함께 코끝에 비린내가 감돈다. 작가는 글을 쓸 때 자신과 등장인물의 시각, 청각, 후각, 촉각과 연상까지 모든 것을 동원해 전방위적이고 입체적인 세계를 만들어낸다. 이런 소설은 강력한 힘과 설득력을 지니며, 비록 허구의 이야기지만 색, 향, 맛을 모두 갖추게 된다.

가와바타 야스나리(1968년 노벨문학상 수상자)

1984년 겨울 어느 깊은 밤, 가와바타 야스나리의 《설국》을 읽다가 이 문장에서 멈췄다. "검고 늠름한 아키타개가 그곳의 댓돌 위에 올라앉아 오래도록 그 물을 핥고 있었다." 그 장면이 눈앞에 떠오르며 가슴속에 격한 흥분과 설렘이 차올랐다. 그 순간 나는 소설이 무엇인지 깨달았고, 무엇을 써야 하는지 알았으며, 어떻게 써야 하는지 터득했다. 그 한 문장이 어둠 속 등대처럼 내 앞길을 비춰 주었다. 결국 난 읽다 만 《설국》을 밀어 두고 내 펜을 들었다.

파블로 네루다(1971년 노벨문학상 수상자)
네루다의 동상

깊은 밤
고요한 경사학당(京師學堂)*의 창밖 까치둥지에서
까치가 잠꼬대를 한다.
나는 깨끗한 물을 적신 융단으로 당신의 동상을 닦는다.
콧대, 눈가, 귓바퀴 위로 물처럼 스미는 달빛에
아메리카 대륙의 고독과 기억이 함께 실려 온다.
허리를 굽힐 때 당신의 냉소를 들었고
고개를 들 때 당신의 미소를 보았다.
내가 동상이고, 당신이 동상을 만든 장인 같고,
내가 당신의 얼굴을 닦는 것이 아니라 당신이 내 마음에
불을 붙인 것 같다.

*　모옌이 교수로 재직하고 있는 베이징사범대학의 강의동.

가브리엘 가르시아 마르케스(1982년 노벨문학상 수상자)

나는《백년의 고독》이 라틴아메리카 문학의 최고봉이자 경이로운 예술적·사상적 힘을 지닌 작품이라고 생각한다. 나를 처음 충격에 빠뜨린 건 뒤집힌 시공간의 질서와 교차된 생명의 세계, 극도로 과장된 표현 같은 예술 기법이었다. 하지만 곰곰이 생각해 보니 예술적인 요소는 결국 표상에 불과했다.

《백년의 고독》에서 진정으로 배워야 하는 것은 마르케스의 철학 사상과 그가 이 세계와 인간을 인식하는 독특한 방식이다.

나는 그가 비통한 마음으로 라틴아메리카의 잃어버린, 따뜻한 정신적 고향을 찾고 있었다고 생각한다. 그에게 세상은 하나의 윤회이고, 광막한 우주에서 인간은 너무도 보잘것없는 존재다. 그래서 그는 높은 봉우리 위에서 소란스러운 인간 세상을 연민 어린 시선으로 내려다보았다.

오에 겐자부로(1994년 노벨문학상 수상자)

오에 선생은 의심할 여지 없이 내 스승이다. 인간으로서도 예술가로서도 그는 평생 본받을 만한 분이다. 그는 언제나 겸손했고, 누구도 감히 부인할 수 없는 대문호였지만 항상 자신을 낮췄다. 그는 늘 긴장을 늦추지 않았고 조심스러웠으며, 집요하게 이상을 추구했고, 무슨 일에든 진지했다. 남에게 폐를 끼치지 않으려 조심하며 언제나 타인을 먼저 생각했다. 그래서 그를 만날 때마다 그를 향한 존경심이 더 깊어지고, 동시에 나 또한 또렷한 이성을 잃지 않기 위해 스스로를 다잡았다.

권터 그라스(1999년 노벨문학상 수상자)

그라스 아저씨의 도자기 접시*

나는 대장간에서 쇠를 두드리던 시절을
소설 《투명한 당근》에 써넣었다.
나는 《양철북》에서
비석을 조각하고 있는 당신을 보았다.
좋은 소설에는 작가의 유년기와
독자의 유년기가 깃들어 있다.
내 비명이
깨진 유리를 다시 붙여 줄 수 있기를 바란다.
어느 황혼에 나는
혼란이 지나간 도시에 들어섰다.
내가 눈물을 흘리며 비명을 지르자
깨진 유리 조각들이 모두 날아올라
원래 자리로 돌아갔다.
굶주린 꿀벌들이 집으로 돌아가듯,
흔적 하나 남기지 않았다.

*　　모옌은 자신이 《양철북》에서 큰 영향을 받았으며 권터 그라스를 매우 존경한다는 사실을 오래전부터 공개적으로 밝혀 왔다. 2013년 권터 그라스가 주중 독일 대사를 통해 모옌에게 도자기 접시를 선물했는데, 접시 표면에 독일 시인 하인리히 폰 클라이스트의 초상이 그려져 있고, 밑바닥에는 "내 오랜 친구 모옌에게 바친다."라고 적혀 있었다. 모옌은 직접 그라스를 만나기 위해 2년 뒤 독일 방문을 계획했지만, 안타깝게도 그라스의 별세 소식을 접하게 되었다. 모옌은 그라스를 추모하는 시 〈그라스 아저씨의 도자기 접시〉를 써서 나중에 발표한 연작시 〈일곱 별이 나를 비추다〉에 수록했으며, 이 부분은 그 시 가운데 일부를 발췌한 것이다.

장난꾸러기 소년이
깨진 유리 조각을 밟고 서 있다.
유리가 그의 발바닥과 신발을 뚫고 들어갔다.
상처는 컸지만 순식간에 아물었고
핏자국 한 점 없었다.
주(朱) 선생님의 안경알이
삼십 리 밖에 있는 객차에서,
길가의 도랑에서,
날아와 안경테와 하나가 되었다.

오르한 파묵(2006년 노벨문학상 수상자)

눈, 어디에나 있는 눈, 시시각각 모습을 바꾸는 눈. 눈은 소설 《눈》에서 가장 중요한 상징이다. 눈은 모든 곳에 스며들고, 인물들은 그 속에서 움직이며, 사랑과 음모는 피어나고, 사상은 깨어난다. 눈은 작은 도시를 혼란스럽고 예측할 수 없는 기운으로 감싼다.

이곳의 사람들과 사물들, 심지어 한 마리 개조차도 모두 신비로움을 띤다. 파묵은 수백 번 눈을 묘사했지만 매번 과장됨 없이 담백하다. 그는 단지 눈을 묘사했을 뿐이지만, 그의 눈은 언제나 인물의 감정과 맞닿아 생명을 얻고 상징을 만들어 낸다. 눈을 묘사한 작가는 셀 수 없이 많지만, 이토록 풍부하게 그려 낸 사람은 파묵이 처음이었다.

마리오 바르가스 요사(2010년 노벨문학상 수상자)

페루 작가 마리오 바르가스 요사의 장편소설들은 내가 처음으로 소설의 구조를 진지하게 인식하게 만든 작품들이다.《세상 종말 전쟁》,《녹색의 집》같은 작품들은 각각 완전히 다른 구조를 지니고 있다. 그가 다양한 구조를 만들기 위해 엄청난 공을 들였고, 끊임없이 탐구하며 고민하고 실험했음을 알 수 있다.

그의 몇몇 작품은 구조와 내용이 완벽한 융합을 이루어, 그 구조 없이는 소설도 존재할 수 없었고, 그 이야기 없이는 그토록 기이한 예술적 구조 또한 탄생할 수 없었을 것이다.

나의 작은 글쓰기 비결

1. 독서는 최고의 스승이다

문학이나 소설 창작에 어떤 요령이 있다면, 그것은 바로 독서다. 독서만큼 훌륭한 스승은 없다. 어떤 작가든 진정한 문학의 길은 독서에서 시작된다.

2. 많이 읽어도, 쓰지 않으면 안 된다

많이 읽는 것은 글쓰기 능력 향상에 반드시 필요한 일이다. 하지만 읽기만 하고 쓰지 않으면 아무 소용이 없다. 어느 정도 독서량이 쌓였다면 이제는 펜을 들어 직접 쓰는 법을 배워야 한다.

3. 초기에는 모방을 두려워하지 마라

내 경험으로 말하자면, 글쓰기를 처음 배울 때는 모방을 두려워할 필요가 없다. 내 소설 《봄밤에 내리는 소나기》는 츠바이크의 《낯선 여인의 편지》를 모방한 작품이다. 루쉰의 초기작에도 모방의 흔적이 있다. 이를테면 《광인일기》는 러시아 작가 고골의 동명 소설을 본떠서 쓴 것이다. 다만 중요한 것은 이런 수많은 모방의 과정을 거치며 점차 자기만의 언어 감각을 만들어 가야 한다는 점이다. 이는 곧 어감을 익히는 과정이다. 시간이 흐르며 감정을 따라 움직이는 어휘가 쌓이면, 비로소 자신만의 문학적 언어가 생긴다.

4. 글쓰기는 자신에게서 출발하라

자신이 직접 겪은 일, 자기 주변에서 일어난 일, 가족이나 친구들의 일, 마음에 가장 깊게 남은 일을 쓰면 된다. 글쓰기는 '나'를 쓰는 데서 시작한다. 여기서 '나'란 따옴표 속의 나다. 예를 들어《개구리》속 '고모'라는 인물은 실제로 내 현실 속에 존재하는 인물이다. 그녀는 의사였고, 내 큰아버지의 딸이다. 우리 다음 세대, 그다음 세대까지 가오미 둥베이향에서 수많은 아기가 그녀의 손을 거쳐 세상에 나왔다. 그녀는 고향에서 신망이 높았던 전설적인 인물이다. 이렇게 인간적이고 문학적이며 극적인 인물이 현실에 있었기에 그녀를 원형으로 삼아 문학 속에 전형적인 인물을 창조해 낼 수 있었다.

결국 어떤 식으로 말하든, 문학은 우리 삶과 별개일 수 없다. 유년기를 쓴다는 것은 곧 고향을 쓰는 것이고, 고향을 쓴다는 것은 결국 자신이 가장 잘 알고 있는 사람들을 쓰는 것이다.

5. 가족이나 친구에게 편지 쓰듯 소설을 쓰라

글을 쓸 때 문장의 리듬이나 어조를 잡기 어려운 순간이 있다. 그럴 때 나는 가족이나 친구에게 편지를 보내듯 소설을 써 보라고 권한다. 문학성이 뛰어나든 부족하든, 누구나 편지 몇 통쯤은 써 보았을 것이다. 원고지를 펼쳐 놓고 '이제 소설을 써야지' 하고 마음먹으면 막상 글이 잘 써지지 않는다. 하지만 '누구에게 편지를 써야지' 하고 생각하면 훨씬 쉽고 자연스럽게 글이 흘러나오지 않겠는가?

6. 모든 감각을 동원해 글을 쓰라

글을 쓸 때는 자신의 모든 감각을 총동원해 대담하게 지어내야 한다. 가령 꽃 한 송이를 앞에 두었다고 해보자. 그 꽃은 무슨 색인가? 꽃잎은 어떻게 생겼나? 어떤 향기를 내뿜는가? 벌이 주위를 돌며 꿀을 따러 다니고 있나? 나비가 맴돌고 있나? 꽃받침에 벌레가 붙어 있나? 꽃잎 끝에 이슬이 맺혔나?

귀에 들리는 소리, 눈에 보이는 형태, 코끝에 닿는 향기, 몸과 피부에 느껴지는 감촉, 또 머릿속에 떠오르는 연상과 상상까지 모두 끌어 모으면, 하고 싶은 말이 넘쳐나고, 세부 묘사도 무궁무진해진다.

7. 이야기를 듣는 사람에서 이야기를 하는 사람으로 변신하라

내게는 더욱 소중한 자산이 하나 더 있다. 바로 내가 오랫동안 농촌에서 살면서 들은 수많은 이야기와 민간 전설이다. 많은 작가가 이야기를 재밌게 들려주는 할머니 밑에서 자랐듯이, 또 많은 작가가 할머니에게 들은 이야기에서 문학의 양분을 흡수했듯이, 내게도 이야기꾼 할머니가 있었을 뿐 아니라 이야기꾼 할아버지도 있었고, 심지어 할아버지보다 더 훌륭한 이야기꾼인 큰할아버지, 즉 할아버지의 형님도 있었다. 그분들에게 들은 이야기가 헤아릴 수 없이 많다. 그 이야기는 문학에 대한 두려움을 없애 주었고, 상상력의 기반이 되었다.

쓰러지지 않기 위해 쓰는 사람, 모옌

노벨문학상 수상이라는 영광의 자리에 선 모옌, 그에게 가장 외로웠던 순간은 언제였을까? 그는 주저 없이 '수상 소식을 듣던 그날 밤'을 꼽습니다. 온 세상이 그를 향해 갈채를 보내던 그 순간, 그는 자신의 삶이 송두리째 바뀔 것을 직감했습니다. 고향 가오미에서 조용히 글만 쓰던 작가에게 어느 날 갑자기 중국을 대표하는 '노벨문학상 작가'라는 무거운 이름표가 달렸습니다. 그 영광은 그가 평생 맞서 온 수많은 강풍 중 하나에 지나지 않았습니다.

'말하지 않는다'는 뜻의 필명 모옌(莫言). 이 역설적인 이름 뒤에는 소년 관모예(管謨業)가 있습니다. 산둥성 가오미의 가난한 농촌에서 태어난 그는 문화대혁명의 광풍 속에서 학교를 떠나야 했고, 말 한마디가 화를 부를 수 있다는 사실을 일찍 깨달았습니다. 스스로에게 '말하지 말라'고 되뇌던 그 소년이 훗날 누구보다 대담하고 소란스러운 세계를 문학 속에 펼쳐 보이게 될 줄은 누구도 몰랐습니다. 굶주림, 척박한 농촌 생활, 폭력적인 구습, 공동체의 생명력, 인간의 욕망과 잔혹함이 모두 그의 작품 세계를 지탱하는 비옥한 토양이 되었습니다.

1976년 군대에 입대한 그에게 전혀 새로운 문이 열렸습니다. 군 도서관에서 처음 접한 세계문학은 그에게 작가로서의 자의식을 키워 주었으며 루쉰, 카프카, 마르케스의 언어는 그의 내면에서 뒤섞이며 독자적인 문학 세계를 구축하는 힘이 되었습니다. 그렇게 태어난 공간이 바로 '가오미 둥베이향'이라는 그의 유일무이한 서사적 세계입니다. 그는 그곳에서 전쟁과 식민, 권력과 폭력, 욕망과 생존을 마술적 사실주의의 방식으로 재해석했습니다. 〈붉은 수수밭〉을 발표하고 장이머우 감독이 연출한

동명의 영화가 세계적인 성공을 거둔 뒤 그는 중국 현대 문학의 중심에 섰습니다. 그 후에도 그는 중국 현대사의 가장 아픈 장면들을 외면하지 않았습니다. 《인생은 고달 파》를 통해 토지개혁의 광기를 파고들고, 《개구리》로 산아제한 정책의 비극을 기록했으며, 《사십일포》에서는 전체주의의 잔인한 폭력을 고발했습니다. 기록하고 묘사하고 외면하지 않았습니다.

그리고 2012년, 그는 마침내 중국 작가 최초로 노벨 문학상을 수상했습니다. 하지만 이 영광은 동시에 그를 옭아매는 족쇄이기도 했습니다. 그는 '체제의 나팔수'라는 비난과 '민족의 영광'이라는 찬사 사이에서 자신이 어느 쪽에도 온전히 속하지 않는다는 사실을 절감했습니다. 그 누구의 편도 아닌, 체제의 안과 밖을 가르는 아슬아슬한 경계에서 자신의 목소리를 지켜야 했던 작가의 외로움과 고뇌가 이 책에 오롯이 담겨 있습니다. 그는 찬사와 비난이 교차하는 소용돌이 속에서 이렇게 말했습니다. "나는 글을 써서 세상을 바꾸려는 사람이 아닙니다. 다만, 쓰러지지 않기 위해 쓸 뿐입니다."

모옌은 혁명가도, 이념의 투사도 아니었습니다. 그는 시대의 폭풍 속에서 자신의 자리를 묵묵히 지켜 낸 한 사람이었습니다. 이 책의 제목은 갑작스럽게 불어닥친 광풍 속에서도 풀을 가득 실은 수레 손잡이를 놓지 않던 그의 할아버지의 모습에서 비롯됩니다. 애써 모은 풀은 모두 바람에 휩쓸려 날아갔지만, 할아버지는 바람에 허리가 휘어도 수레만큼은 놓지 않았습니다. 모옌에게 글쓰기는 바로 그 수레 손잡이와도 같았습니다. 모두가 흔들리는 순간에도 끝끝내 놓지 않은, 자신을 지탱해 주는 단 하나의 버팀목이었습니다.

이 책을 번역하며 저는 모옌의 이야기가 중국이라는 특정한 시공간을 넘어, 인간에 관한 보편적인 질문을 던지고 있다는 사실을 새삼 깨달았습니다. 격동하는 역사 속에서 흔들리는 한 개인의 마음, 예술가를 향한 사회의 이중적 시선, 성공 이후에 찾아오는 고독, 그리고 그 모든 상황에도 불구하고 자신만의 방식으로 버티어 낸 인간의 고집스러운 힘. 이것은 우리 모두가 각자의 자리에서 마주하고 있는 '강풍'과 다르지 않습니다. "삶이 흔들릴 때, 인간은 무엇을 붙잡고 자신을 지켜 낼 것인가." 이 물음은 오늘 우리의 삶과도 깊이 맞닿아 있습니다.

모옌은 한국 독자들에게 이렇게 말했습니다. "우리는 서로 다른 언어를 쓰지만, 같은 감정을 알고 있습니다. 문학은 그 감정을 나누는 일입니다." 노벨문학상이라는 거대한 이름 뒤에 가려져 있던, 상처받고 흔들리며 끝내 버텨 낸 한 인간 모옌의 모습을 이 책에서 만나길 바랍니다. 그의 이야기 속에서, 지금 당신을 흔들고 있는 강풍을 버텨 낼 작은 힘 하나를 건져 올릴 수 있길 진심으로 바랍니다.

2025년 12월
허유영

1955년　　　2월 17일, 중국 산둥성 가오미의 한 농가에서 태어나 관모예(管謨業)라는 이름이 붙여졌다. 훗날 그가 사용한 필명 '모옌(莫言)'은 '말하지 말라'는 뜻으로, 작가의 다짐이 담긴 이름이지만, 역설적으로 그는 풍성하고 대담한 이야기를 건네는 작가가 된다.

1966년　　　열두 살이 되던 해, 문화대혁명의 광풍으로 학업을 중단하고 소를 키우고 농사를 짓는 등 십여 년간 농촌에서 혹독한 노동을 경험했다. 이 시기에 겪었던 극심한 배고픔과 삶의 비애, 원초적인 생명력은 그의 문학 세계를 이루는 가장 중요한 뿌리가 되었다.

1976년　　　여러 번의 시도 끝에 인민해방군에 입대하며 인생의 전환점을 맞는다. 군 생활 중 도서관에서 다양한 문학 작품을 탐독하며 작가의 꿈을 키우기 시작했다.

1981년　　　단편소설 〈봄밤에 내리는 소나기(春夜雨罪)〉를 발표하며 문단에 데뷔했다. 같은 해 사랑하는 딸 관샤오샤오(管笑笑)를 얻었다.

1984년　　　해방군예술학원 문학과에 입학하여 본격적인 문학 수업을 받았다.

1985년　　　어린 시절의 경험을 바탕으로 쓴 《투명한 당근》이 문단에 큰 반향을 일으키며 '모옌'이라는 이름을 세상에 알리기 시작했다.

1987년　　　고향 가오미를 배경으로 한 장편소설 《홍가오량 가족》을 출간했다. 이 작품은 곧 대표작으로 자리 잡는다.

1988년   장이머우 감독이《홍가오량 가족》을 영화화한 〈붉은 수수밭〉이 베를린 국제영화제에서 아시아 영화 최초로 최고상인 황금곰상을 수상하며 모옌은 세계적인 명성을 얻는다. 같은 해 베이징사범대학교와 루쉰문학원에서 석사 과정을 밟으며 창작의 깊이를 더했다.

1990년대   《술의 나라》,《풍유비둔》등 중국 사회의 현실을 신랄하고 환상적인 필치로 그려 낸 문제작들을 잇달아 발표하며 중국 문단의 가장 중요한 작가로 떠올랐다. 그의 작품들은 때로 격렬한 논쟁을 낳기도 했지만, 멈추지 않는 창작열을 증명했다.

2000년대   《단향형》,《인생은 고달파》,《개구리》등 대작들을 꾸준히 발표하며 왕성한 활동을 이어갔다. 프랑스 예술문화훈장, 후쿠오카 아시아문화대상, 한국 만해문학상 등 세계 각국의 권위 있는 상을 받으며 거장의 반열에 올랐다.

2011년   30년간 이어진 중국의 산아제한정책을 다룬《개구리》로 중국 최고 권위의 문학상인 마오둔문학상을 수상했다.

2012년   10월, '환상적 리얼리즘을 통해 민담과 역사, 현대를 아우른 작가'라는 평과 함께 노벨문학상을 수상하는 영예를 안았다. 스웨덴 한림원은 그의 작품이 윌리엄 포크너와 가브리엘 가르시아 마르케스를 연상시키면서도 중국의 독특한 전통에 뿌리내리고 있다고 평가했다.

현재   노벨문학상 수상 이후에도 희곡 〈우리의 형가(我們的荊軻)〉를 발표하는 등 여전히 고향 산둥성 가오미의 흙냄새 나는 이야기들을 길어 올리며 세계 독자와 소통하고 있다. 그는 굶주렸던 소년 시절을 문학의 자양분으로 삼아, 가장 중국적인 이야기로 세계인의 마음을 사로 잡은 살아 있는 전설이다.

이 책은 '50인의 비밀 독서단'과 함께 만들었습니다.

누구보다 먼저 이 책을 만나 가치를 더해 주신
비밀 독서단 분들의 이름을 감사의 마음을 담아 이곳에 새깁니다.
책을 펼쳐 주신 모든 분께 깊이 감사드리며,
앞으로도 좋은 책으로 보답하겠습니다.

강민영	박지혜 (밤톨)	윤혜숙	차한빛
고민경(북쓰고)	백영미	이서진	천서희
김도연	북클로이	이진선	최소라
김민준	상추언니	전소희	함대홍
김수현(하놀)	서독서	정미라	해피리치
김정화	서원	정시우	홍가람
김지명	안영주	정연승	황대범
김찬용	엄예영	정지원	황의숙
노희지	엄파	정호준	황혜미
문경진	열정맥스	제이블리	황혜영
박미란	옥태규	조영혜	IRON
박민교	유시연	조현민	
박정호	윤정은	주효원	

다음 비밀 독서단 모집에 참여하고 싶다면
북타쿠 인스타그램(@book_ta_ku)을 팔로우해 주세요!

옮긴이 **허유영**

한국외국어대학교 중국어과와 같은 대학교 통번역대학원을 졸업했다. 전문번역가로 활동하며 좋은 작품을 찾아 소개하고 옮기는 일을 하고 있다. 류츠신의《삼체》(2, 3부)《삼체0: 구상섬전》을 비롯해 우밍이의《복안인》《도둑맞은 자전거》《나비탐미기》《햇빛 어른거리는 길 위의 코끼리》, 천쒜의《마천대루》, 찬호께이의《고독한 용의자》, 린이한의《팡쓰치의 첫사랑 낙원》, 마가파이의《원스 어폰 어 타임 인 홍콩》등을 우리말로 옮겼다.

강풍에도 쓰러지지 않는다

초판 1쇄 발행 2026년 1월 13일
지은이 모옌
옮긴이 허유영

브랜드 필로틱
기획편집 경정은
편집 성나현, 박수민
마케팅 김지우, 전유성, 하민지, 신민석
문의 book@pudufu.co.kr
발행처 라이프해킹 주식회사
출판 등록 제2022-0000341호
주소 서울시 강남구 도산대로 207, 9층 1호(신사동, 성도빌딩)
ISBN 979-11-993830-4-3   03820